erick araujo

, Lima Barreto...

KOTTER
EDITORIAL

Coordenação editorial: Sálvio Nienkötter
Editor: Claudecir de Oliveira Rocha
Editores-executivos: Claudecir de Oliveira Rocha, Raul K. Souza
Editores-adjuntos: Francieli Cunico, Daniel Osiecki
Capa e design editorial: Carlos Garcia Fernandes
Produção: Cristiane Nienkötter
Revisão: Margareth de Almeida Gouveia
Preparação de originais:O Autor

Dados Internacionais de Catalogação na Publicação (CIP)
Angelica Ilacqua CRB-8/7057

Araujo, Erick
, Lima Barreto... / Erick Araujo. -- 1. ed. -- Curitiba : Kotter editorial, 2021.
160 p.

ISBN 978-65-89624-32-5

1. Ensaios brasileiros 2. Crítica literária 3. Lima Barreto 4. Sociologia I. Título

CDD B869.4

21-1415

KOTTER EDITORIAL

Kotter Editorial Ltda.
Rua das Cerejeiras, 194
CEP: 82700-510 - Curitiba - PR
Tel. + 55(41) 3585-5161
www.kotter.com.br | contato@kotter.com.br

Feito o depósito legal
1ª Edição
2021

erick araujo

, Lima Barreto...

Dedicado às memórias de Orlinda Araujo e de Lúcia Colares.

AGRADECIMENTOS

Do espalhamento próprio ao mundo, alguém que escreve é apenas um momento de confluência que logo, e necessariamente, passa a contribuir em um novo espalhar. Há alguma coisa de vital nisso, pois trata-se, ao mesmo tempo, de um atravessamento e de uma nutrição pelas palavras. E não apenas por elas: por encontros, afetos, percepções, infinidades, por vezes imperceptíveis, que além e aquém das palavras passam a dizer algo, passam a chamar e a pedir respostas. Assim, esse breve livro é fruto de algo como um efeito-Lima Barreto: não se trata só de seus contos, romances, diários, nem dos traços conhecidos de sua vida, lida-se com uma força que arrebata, e o faz demandando uma resposta *qualquer*. Esse livro é isso. Uma resposta qualquer a uma força arrebatadora. Ser isso, uma resposta qualquer, não quer dizer espontaneidade, muito menos um exercício de expressão meramente pessoal. Que se deixe, portanto, aquilo que é próximo (pois há muita coisa distante, há muitas pessoas ao longe, no tempo e no espaço, distância que, no entanto, não implica desconexão) e aquilo que se sabe (pois mesmo não sendo espontâneo, sendo necessário pensar e trabalhar sobre e com as palavras, há algo ainda de misterioso na escrita) explícitos: esse livro é resultado de uma pesquisa de pós-doutorado realizada no programa de pós-graduação em História (PPGHIS) da Universidade Federal de Ouro Preto (UFOP). Ele veio à luz graças à interlocução com Marcelo de Mello Rangel. Leituras, comentários e sugestões variadas tornam esse livro, que está sob um nome próprio, o que ele realmente é, algo coletivo: além de Marcelo, Paula Colares, Vladimir Ribeiro, Cecília Mello, Kauã Vasconcellos, Lorena Lopes da Costa e Augusto de Carvalho habitam, de diferentes modos, essas páginas. Ceci Colares faz desse livro o fruto da mais alta alegria. Paula faz desse livro apenas mais uma retribuição, sempre deficitária, por algo incomensurável.

SUMÁRIO

Lima Barreto, povo de rua!	11
Introdução	15
Testemunho e ficção	25
Margens e bloqueios	53
Música e existência	81
Literatura e destino	113
Meios e esquecimento	139
Referências	153

PREFÁCIO

LIMA BARRETO, POVO DE RUA!

O Lima Barreto de Erick Araujo é incansável e imperdível! Sempre em movimento, curioso, cuidadoso, hiperempírico.

Por isso mesmo Lima Barreto se coloca (e pode se colocar) tão crítico ao que uma de suas personagens, Adelaide, irmã de Policarpo Quaresma, chama de *mania*, certa tendência a nos deixarmos orientar por um conjunto de sentimentos, compreensões e práticas idealizadas/falsas ou bem insuficientes a uma relação mais adequada com determinada realidade. Erick vai acompanhando Lima Barreto e muitos dos seus/suas personagens – e nós vamos juntos – de beco em beco, subúrbio em subúrbio, pela rua afora, no sentido *antimaníaco*, em direção a outros e outras, à democratização, à felicidade.

Ao menos por enquanto, e claro, de forma sempre irresponsável, podemos arriscar dizer que a literatura de Lima Barreto é antimaníaca, que ela se dedica a questionar as tantas "manias" que temos: de querer ser branco (europeu), de querer ser forte, potente, infalível, macho, de ser brasileiríssimo, original, importante... enfim de querer ser isso ou aquilo muito mais do que simplesmente ir se relacionando intensa e francamente com o que vai aparecendo e se tornando possível.

Assim, Erick vai acompanhando Lima Barreto e a partir dessa hiperempiria abrindo a possibilidade de uma hiperética, da curiosidade e do cuidado que tornam possível certa reorganização ou recondução (recriação) do si mesmo e de parte de nosso entorno, do mundo. Um Lima Barreto preocupado, inquieto, aflito com isto que seria a necessidade de que a sua realidade – e ele, claro – se transformasse.

E Erick é muito sensível e justo na medida em que também acompanha e experimenta as aflições de Lima Barreto e de seus/suas personagens.

Se, por um lado, Lima Barreto se dedicaria à tarefa hiperética, antimaníaca, de tornar possível, através da hiperempiria (da hiperexperiência), a reorganização de si e de determinado mundo, por outro, e em meio ao seu zigue-zague espaço-temporal, o autor do e de alguns tristes fins, vai mostrando que a "mania" é uma tendência, que todos nós somos quase sempre ou na maior parte das vezes orientados por determinados sentimentos, compreensões e práticas que parecem ser necessárias, que a maior parte das vezes sequer notamos, apenas repercutimos, como o racismo. Especialmente quando temos uma história escravocrata. Tendemos à "mania", a nos repetirmos, e ainda temos, no nosso caso, uma história – escravocrata – que torna essa "mania" em especial, a do racismo (querer ser branco/europeu e posicionar os outros de acordo com nossos desejos, para nós), *quase* insuperável.

Somos racistas, queremos ser brancos (europeus) e ainda precisamos que os outros dediquem suas vidas (integralmente) a nós, e isto como Lima Barreto, o Lima Barreto de Erick lembra, torna aquela resistência hiperética, antimaníaca, muito difícil, *quase* impossível. Exatamente porque as "manias" em geral, e a do racismo em especial, pretendem algo inviável: a) que os outros abram mão de suas próprias vidas ou existências, e que b) a partir disso o "maníaco" possa se tornar inquestionável, intocável e feliz. Toda a expectativa aqui é a de que a "mania" torne possível a felicidade do maníaco.

O problema que Lima Barreto vai mostrando é que o maníaco não é feliz, que ele não pode ser feliz! Não pode ser feliz porque a felicidade é um sentimento que só é possível a partir de uma relação franca e intensa com outros e com a reconstrução (recriação) – comunitária e recorrente – de si e de outros mundos possíveis. O que Lima Barreto nos mostra aqui através de Erick é que só podemos ser felizes se somos capazes de determinado "amor", do que também chama de "fraternidade", ou de uma abertura para outros e, então, de nos reconduzirmos agora, já, e sempre que necessário! Isso é parte do seu anarquismo.

Trata-se, então, de uma literatura, de um pensamento que se dedica à necessidade de mudança, mas de transformações que precisam se constituir a partir de uma abertura (nesse caso específica) para os oprimidos, negros, mulheres, pobres... Lima Barreto insiste em mostrar que enquanto não nos abrirmos para outros – e no nosso caso para os oprimidos, negros, mulheres, pobres... –, que enquanto não nos dedicarmos à reconstrução (recriação) comunitária e recorrente de nós mesmos e do nosso entorno, não seremos felizes. Não seremos felizes porque os oprimidos continuarão resistindo e porque continuaremos procurando experimentar a felicidade com base em uma mobilidade que a torna impossível, a da pura repetição. E tudo vai ficando tão árido e desesperador, e nostálgico e autoritário!

Na medida em que procuramos algo que não podemos experimentar, a perfeição, e, através dela (de algo que é impossível), a felicidade, vamos acumulando frustrações, e isto somado à resistência do que vamos desrespeitando. Tornamo-nos patéticos, repetindo e nos repetindo recorrentemente, e cada vez mais distantes da experiência do "amor", da "fraternidade" e da "felicidade". E o resultado é rancor e pulsão de morte! Vontade de voltar – nostalgia – para um lugar/tempo que na verdade nunca existiu, no qual não havia resistência e tudo estava disponível. E ficamos cada vez mais autoritários, querendo que o mundo seja o que ele nunca foi, não pode e nunca será: mEu!

Mas Erick continua atento e vai mostrando que não se trata de uma história ou realidade insuperável, mas *quase* insuperável. Que

Lima Barreto e seus/suas personagens são muitíssimo complexos e que também são marcados por fissuras, por momentos nos quais entreveem que algo está muito errado nessa História toda! E então tentam outros caminhos! Uma literatura do, ou melhor, no *quase*!

No entanto, uma vida, a vida de Policarpo, por exemplo, (ainda) não é suficiente para que "manias" tão decisivas à (nossa) história sejam efetivamente questionadas, a "mania" do racismo, por exemplo (e especialmente). Parece que todas as histórias de Lima Barreto são marcadas por tristes fins...

Não! Lima Barreto e Erick Araujo continuam mostrando que essa insistência em outros caminhos, por mais que ainda não tenha sido suficiente à superação de uma "mania" tão decisiva à história do Brasil como a do racismo, pode abrir a possibilidade de outros recomeços (da *nascividade*). Torna possível que Olga, por exemplo, afilhada de Policarpo e que também testemunhou parte de seus esforços no sentido de tomar outras direções, possa trazer o novo. Talvez se trate disso, da necessidade de estar entre outros e outras e de prestar muita atenção!

Marcelo Rangel (UFOP)
Mariana, outubro de 2020

Introdução

"Em cada beco se descortina um universo". Tal foi o enunciado do presidente de uma associação de moradores de uma favela na Zona Norte do Rio de Janeiro. Enunciado que condensa não apenas o que Lima Barreto diz sobre os subúrbios, mas a própria obra do autor. E em cada livro, conto, crônica; em cada página, cada sentença, se abre um universo. Pleno de ambivalências. Onde a complexidade e a riqueza da vida são traçadas sobre o plano caótico da existência. Daí ver em certas páginas, beleza e feiura, força e fraqueza, destino e liberdade se entrelaçarem. Daí ver, sobretudo, que não há negação do sofrimento, mas há sofrimento *e* aprendizado – como se vê em Policarpo Quaresma e em Clara dos Anjos. O que se tentará, aqui, portanto, é percorrer certos fragmentos desses universos.

Que fique explícito, então, que não se trata de um livro que pretende englobar a vasta obra de Lima Barreto. Pretende-se, sim, fazer com que diferentes fragmentos se cruzem. Fazer com que, por exemplo, uma crônica diga algo sobre um romance, que uma entrada em um diário diga algo sobre um conto. O que se faz aqui é colocar algumas de suas obras em uma encruzilhada, fazendo com que por elas atravessem outros textos do autor. O propósito é, pode-se dizer, ler Lima Barreto a partir dele mesmo.

Mas logo as coisas se complexificam. Afinal, o que seria esse "ele mesmo"? Sabe-se que Lima Barreto não apenas utilizou pseudônimos, como também não parou de fazer imbricarem-se vida e arte, história e ficção. Verdadeira obra em zigue-zague. Característica que demanda certa vagarosidade, certa prudência no momento de análise e de interpretação de sua obra. Contudo, parece pertinente dizer que, ao se olhar parte da crítica direcionada a seus escritos, rapidamente essa complexidade foi interpretada como sobreposição da vida à obra. Ou seja, considerou-se que um dos pontos fracos da obra ficcional de Lima Barreto seria estar sobrecarregada com sua vida. Bem, um dos objetivos desse livro é ressaltar que as coisas não são tão simples. Pelo contrário, a obra do autor da Vila Quilombo é plena de complexidade exatamente por estar tão próxima ao caos, ao abismo, próprio à vida da população negra no Brasil, especialmente, na Primeira República. Por isso, por tal proximidade, que se pode atribuir o título de literatura afro-brasileira à obra de Lima Barreto. Não foi para outra coisa que a arte foi utilizada, foi produzida: fazer com que do abismo pudesse emergir beleza, do caos da sobrevivência se erguer vida. A escrita barretiana não é *pessoal*, ela tende em direção à constituição de uma nova via expressiva, e por isso mesmo, uma nova possibilidade de existir, não apenas para o autor, mas para todo um povo – o povo negro.

Lima Barreto, dessa maneira, se encontra em um *continuum* traçado da África às Américas, que, de modo ativo e criativo, é conectado a diferentes povos e obras. Conexão que, muitas vezes, funcionou como uma das poucas possibilidades para manter a vida em um meio que impunha a mera sobrevivência e a morte. Por isso, aqui, não se abre mão de ligar seus escritos à arte produzida por outras pessoas que coabitam, de modos variados, esse *continuum*. Algo que não quer dizer isolamento – talvez, apenas, um momentâneo, e necessário, separatismo (LE GUIN, 1983). Lima Barreto não parou de citar autores europeus, de os elencar enquanto grandes influenciadores de seus escritos, de fazer alguns de seus personagens enumerá-los, menos enquanto modelos literários do que como verdadeiros meios para o conhecimento de *si*. Isso não impede que se veja que o elemento catalisador de sua obra é, exatamente, a habitação neste *continuum de existências negras*. Aí está toda a riqueza: como, por um lado, um autor russo ou alemão podem servir a um autor afro-brasileiro na abertura de vias expressivas inéditas para todo um povo e, por outro, como não se para de falar a toda humanidade quando se faz falar um preto velho ou uma jovem negra; como os subúrbios do Rio de janeiro podem ser dobras cósmicas – a um só tempo, aberturas para o universo e aberturas de universo. Assim, se a obra do autor é elemento de nova possibilidade de existir para o povo negro, é, portanto, elemento de abertura para a humanidade.

Este livro é uma tentativa, breve, de expor tal riqueza. O primeiro[1] e o segundo capítulos são proposições acerca dos romances *Recordações do escrivão Isaías Caminha* e *Triste fim de Policarpo Quaresma*, respectivamente. No primeiro, certa atenção especial será dada a *Breve Notícia* que antecede o texto da segunda edição do primeiro livro publicado pelo autor. Pretende-se, a partir de Isaías, trazer à luz uma certa atividade, um procedimento próprio ao autor e presente em grande parte de sua obra: o testemunho ficcional. O segundo capítulo é uma leitura do romance mais famoso do autor, atenta ao termo usado por Adelaide, irmã do protagonista, para descrever o pensamento e as atividades de Policarpo: *mania*. Busca-se salientar o funcionamento desse termo destacando certos contextos e personagens tidos como *marginais*: como Maria Rita, Anastácio e Ismênia. Sublinha-se, concluindo, a importância de Olga, enquanto linha de fuga do ciclo de decepções vivido por seu padrinho, Policarpo Quaresma. O terceiro capítulo lida com o modo como a música, principalmente a dita popular, aparece na obra de Lima Barreto, especialmente em dois de seus livros, *Triste fim* e *Clara dos Anjos*, e em algumas crônicas. O que se intenta é mostrar certas nuances do autor em relação ao tema. Nuances que impedem um

[1] Uma versão desse capítulo foi publicada na revista Remate de Males.

julgamento apressado que concluiria que o autor desprezava a música popular. A pergunta que parece guiar o autor em suas avaliações é: quais são os efeitos da música? O quarto capítulo é um esboço de qual seria o projeto literário – e existencial – de Lima Barreto. Projeto pautado em três pontos: um objetivo – a felicidade e satisfação da humanidade; um princípio – o anarquismo; um meio – a literatura. Há, no capítulo, certo esforço de sistematização. Por isso, ele é diferente dos outros, apresentando seções com subtítulos. O quinto, o último e mais breve capítulo, é algo como um adendo. Lida-se nele com a questão das drogas, incluindo aí o álcool e outros meios, benéficos e nocivos, de esquecimento. Mais do que uma análise, o capítulo é, quase, uma mera repetição das palavras do autor. Repetição que, por um lado, denota a persistência de um estado de coisas que Lima Barreto já enfrentava e, por outro, dá visibilidade ao caráter de herança das palavras do autor: verdadeira oferta ao futuro.

Por isso discordar do que se diz sobre a melancolia, a nostalgia, o derrotismo e, principalmente, o ressentimento que emanariam da obra de Lima Barreto. Dizer que se discorda não é afirmar que tais sentimentos não estejam presentes na obra do autor. O que se diz é que eles não a resumem, nem mesmo chegam perto de ser o principal. Pois, que se lembre, aqui, das palavras da narradora do conto *Ayoluwa, a alegria de nosso povo*, de Conceição Evaristo (2016, p.114): "quando a dor vem encostar-se a nós, enquanto um olho chora, o outro espia o tempo procurando a solução". Lima Barreto não parou de espiar o tempo, mesmo com todas as dores, em busca de novos possíveis, para todo um povo. Como suas palavras, que ainda muito servem, deixam transparecer: "Atualmente, nesta hora de tristes apreensões para o mundo inteiro, não devemos de deixar pregar, seja como for, o ideal de fraternidade, e de justiça entre [a humanidade] e um sincero entendimento entre [ela]" (BARRETO, 2017, p.280). Por isso afirmar que não são a melancolia, a nostalgia e o ressentimento que impulsionam a obra barretiana. Não se poderia pensar em dar conta de um destino tão grandioso, como é aquele dado por Lima Barreto à literatura, se essas fossem suas forças. Há algo diverso. Pode-se dizer da obra de Lima Barreto aquilo que se diz sobre os Quilombos: ela projeta uma esperança (NASCIMENTO, 2006). E não há passividade aí: trata-se de iluminar um caminho que passa a existir graças a essa luz. Lida-se com a instauração de uma via inédita que, agora, pode ser percorrida. O presente livro nada mais é do que alguns passos. Passos tateantes e esperançosos.

E para dar continuidade à caminhada parece ser necessário reafirmar duas coisas: ao lidar com a obra de Lima Barreto, lida-se com um universo; a obra barretiana se deu como um traçado sobre o plano caótico da existência. É como se Lima Barreto, por meio da escrita, procurasse tornar o caos algo inteligível e habitável, fazendo constelações dos elementos mais díspares. Seus escritos são, assim, uma oferta para que aquela pessoa que lê possa tentar fazer o mesmo. Que se atente, agora, para o fato de que nunca se está em completa segurança, pois a escrita(-leitura) é *meio*, é um *estar entre* a velocidade infinita do caos e a harmonia do universo. E nesse sentido, as brechas e fendas são muitas. O jogo que se dá através das palavras é sobre abismos.

Que se abra espaço, aqui, para um mito contado pelo Sócrates de Platão, no *Fedro* (2016). O mito diz que dentre as descobertas do deus Theuth – como o número, o cálculo, o gamão e os dados – estão as letras. O deus vai a Thamous, rei do Egito, apresentá-las: diz que são um medicamento para memória e sabedoria. Thamous o corrige: não seriam um medicamento, mas sim um veneno. E complementa que o erro de Theuth deriva-se da afeição paterna que tem por sua invenção. O interessante é que a mesma palavra grega é usada para referir-se tanto a remédio quanto a veneno: *phármakon*. Apesar da interpretação que se trataria, simplesmente, de uma condenação de Platão à escrita, seu Sócrates diz algo diferente. Ele afirma que há um bom uso da escrita: enquanto diversão, enquanto brincadeira, jogo. Um jogo perigoso, pois ainda lida-se com um *phármakon*, veneno e remédio. Veneno que desfaz, como a velocidade infinita do caos. Remédio que (re)constitui, como uma nova harmonia do universo. Também é um jogo perigoso, pois guarda-se pelas jogadas e pelas criações feitas nele uma afeição parental. E por isso tudo que Lima Barreto diz que a literatura poderia matá-lo, mas também salvá-lo. Talvez ela tenha feito os dois. E há algo mais. Acerca de Platão, o autor da Vila Quilombo diz "que, com o ser grande filósofo, não deixava de ser também um grande poeta" (BARRETO, 2010, p.270). Que se tenha atenção aí. Pois se o filósofo é aquele que mais se aproxima do céu das ideias, o poeta é aquele que melhor lida com a terra dos afetos. Platão habita o *entre* o céu e a terra, por isso denominá-lo o *poeta-filósofo*[2], como o fez, em suas palavras, Lima Barreto, no texto *O destino da literatura*. E é aí, neste texto, que a tarefa da literatura é exposta: gerar compreensão mútua entre a humanidade, somando inteligência, solidariedade e felicidade a ela. Para cumprir tal tarefa por meio da literatura é necessário que se instaure um ciclo de ideias e de sentimentos. As ideias, por si só, não são capazes de soldar as almas, como diz o autor, é preciso que elas sejam transformadas em sentimentos (ou transportadas por eles). Apenas esses são capazes de afetar quem se relaciona com uma obra e de fazer com que se alcance uma ideia. Por isso falar em ciclo – talvez fosse mais adequado falar em espiral – no qual ideias e sentimentos passam a conectar e ampliar as fronteiras da humanidade. Para tanto, Lima Barreto também se encontra na fronteira, entre o céu e a terra, não apenas um *literato-filósofo*, mas também um *griot-filósofo*, pois para falar à humanidade parte da vida e da história de um *povo*.

Cabe, por fim, uma nota. O livro *Recordações do escrivão Isaías Caminha* aparece do início ao fim desse livro. Há um motivo para isso. Foi o primeiro livro de Lima Barreto que li. Foi, efetivamente, uma porta que se abriu para todo um universo. Uma porta que se abriu graças a amizade (o livro foi um presente de pessoas cuja

[2] O termo hifenizado aparece em Giovanni Reale (2000, p.09).

amizade é, mesmo, uma força vital). Antes de ler a explicitação de Lima Barreto acerca do funcionamento da literatura – uma espiral contagiante de sentimentos e ideias – fui tomado por sentimentos e ideias. Os sentimentos que me atingiram, a partir dele, as ideias que apareceram dele e com ele, mostraram-se chave para a leitura e interpretação de sua obra. Uma leitura e interpretação afetivas que, desde já, implicam a problematização do presente. Por isso dizer, assumindo todos os riscos disso: o que se faz aqui é ler Lima Barreto a luz de seu próprio projeto. Não parece algo demasiado, muito menos algo inovador. O que se tem aí é uma tarefa necessária, a ser sempre retomada. Pois pode-se fazer servir a Lima Barreto as palavras dedicadas a outro autor: *os que falam com verdadeira dureza a seu presente, devem esperar a justiça dos posteriores*[3]. Ler Lima Barreto a luz de seu projeto é, sobretudo, algo mais. É dar continuidade a uma espiral. É menos ler e interpretar do que canalizar os efeitos da obra do autor por meio da escrita. Canalização que não é dada facilmente, por isso vai-se "escrevendo em explosões" (BARRETO, 1956c, p.135). Que se retorne e se reescreva ou, pelo menos, se dê precisão a certas palavras, pois não basta adjetivar uma leitura e uma interpretação como afetivas. Deve-se dar vazão a tais afetos por meio de algo como um livro. Deve-se comunicá-los. É preciso tentar habitar – do jeito que for possível, com o material que se tem – esse *entre*, esse meio do caminho que vai de ideias a sentimentos, de sentimentos a ideias. Ler Lima Barreto a luz de seu próprio projeto é, portanto e por fim, se afastar de Lima Barreto. Fazer algo a partir dele e, por isso, diferente dele. Daí não se escrever um romance, um conto ou uma crônica. Por isso não se restringir, aqui, aos autores preferidos de Lima. Não buscar reconstruir seu contexto de produção. Não buscar desvendá-lo ou decodificá-lo. Trata-se de ensaiar algo. Talvez algo como uma resposta, que já se faz novo chamado. Algo que se dá a partir de Lima Barreto, graças a Lima Barreto. Que se tente, então.

[3] A frase de Giorgio Colli (1974, p.17) – "*...quanto devono attendersi dalla giustizia dei posteri tutti coloro che parlano al loro presente con vera durezza*" – refere-se a Nietzsche.

Testemunho e ficção

> "...tudo o que escrevo são páginas das minhas memórias, terão que considerar como justa a confidência que faço" (BARRETO, 2016, p.347).

> "...eu não me sento na minha modesta mesa para escrever sem que pense não só em mim, mas também nos outros. O que há de pessoal nos meus pobres livros [...] interessa a muita gente e isso, penso eu, me desculpa" (BARRETO, 1956a, p.284)

Muito já se disse sobre a relação entre os escritos de Lima Barreto e sua vida. Grande parte das críticas negativas endereçadas às obras do autor encontram aí seu impulso: a "obra deste escritor é, em grande parte, uma confissão mal escondida, confissão de amarguras íntimas, de ressentimentos, de malogros pessoais, que nos seus melhores momentos ele soube transfigurar em arte" (BUARQUE DE HOLANDA, 1997, p.8). O crítico, agora ao se direcionar ao *Clara dos Anjos*, livro que prefacia, afirma que tal transfiguração, ou refundição estética – um distanciamento da vida concreta que tornaria possível usá-la como um dos elementos a ser transformado pela imaginação, dando lugar, assim, "a uma verdadeira perspectiva artística" (p.19) – "não se fez de modo pleno" (p.9). Na obra, "os problemas íntimos que o autor viveu intensamente e procurou muitas vezes resolver através da criação literária não foram integralmente absorvidos e nela ainda perduram em carne e osso como corpo estranho" (p.9). Similares são os comentários destinados a *Recordações do escrivão Isaías Caminha*, primeiro livro publicado de Lima Barreto, lançado no ano de 1909: "recebeu uma crítica impiedosa, que o acusou de ser um romance à *clef*, isto é, muito influenciado pela experiência pessoal do autor e, portanto, carente de imaginação" (SCHWARCZ, 2017, p.213). Crítica que parte de uma incompreensão, pois o que se vê é um procedimento diferente de uma autobiografia mal disfarçada. Há algo como um testemunho ficcional.

Que se recorde brevemente: no livro (BARRETO, 1961a), Isaías compartilha suas recordações, desde a infância no interior do estado do Rio de Janeiro, sua decisão de tentar a sorte na capital até sua ascensão ao cargo de jornalista no *O Globo* (jornal fictício homônimo ao criado no Rio de Janeiro na década de 1920). Para traçar as linhas do procedimento de Lima Barreto, aqui chamado de testemunho ficcional, visível no *Recordações*, convém utilizar-se do que seria o prefácio, assinado por Isaías Caminha, à primeira edição. Texto que Lima Barreto apresenta na *Breve notícia*, prefácio à segunda edição, no qual justifica tanto o texto de Isaías estar ausente da primeira edição – pois gostaria que o *Recordações* enfrentasse o mundo diretamente, sem a proteção de um prefácio – quanto seu aparecimento na segunda – pois ele ajudaria na boa compreensão do livro[4].

O impulso determinante para a escrita das recordações de Isaías emerge da leitura de argumentos racistas provenientes do campo científico: via-se, em uma revista, a afirmação que era possível notar "a brilhante pujança nas primeiras idades [das pessoas negras, ou como diz Isaías, das pessoas de seu nascimento], desmentida mais tarde, na madureza, com a fraqueza dos produtos, quando os havia, ou em regra geral, pela ausência deles" (BARRETO, 1961a, p.40). Isaías decide, então, rememorar e narrar; decide testemunhar como modo de contra-argumentar. Mas logo se depara com um problema, pois, inicialmente, suas memórias o encaminham a dar "razão ao autor do escrito" (p.41): "comparei os meus extraordinários inícios nos mistérios das letras e das ciências e os prognósticos dos meus professores de então, com este meu triste e bastardo fim de escrivão de coletoria de uma localidade esquecida"

[4] Em uma carta, Lima Barreto (1956a) diz, em 14 de julho de 1909: "Aí vão as páginas do Isaías [...]. Mando-te também o prefácio, que lhe pus à testa quando comecei a publicar. Tirei-o do livro. Tenho ojeriza pelos prefácios, mas ele te pode servir para bem compreenderes o livro" (p.189-90).

(p.41). E, aqui, tem-se uma armadilha da natureza, do estado de coisas, do mundo como tal – seja qual for o nome que se dê – que tende a "interromper qualquer pensamento que ameace agitar ou causar dor" (WOOLF, 2015, p.21). Pode-se afirmar, daí, que pensar é ir contra a natureza. Assim, mesmo abatido por uma "melancolia nativa", Isaías põe-se a "analisar detidamente os fatos [...]" (BARRETO, 1961a, p.41) e chega à seguinte conclusão:

> [...] verifiquei, que, até ao curso secundário as minhas manifestações, quaisquer, de inteligência e trabalho, de desejos e ambições, tinham sido recebidas, senão com aplauso ou aprovação, ao menos como coisa justa e do meu direito; e que daí por diante desde que me dispus a tomar na vida o lugar que parecia ser de meu dever ocupar, não sei que hostilidade encontrei, não sei que estúpida má vontade me veio ao encontro, que me fui abatendo, decaindo de mim mesmo, sentindo fugir-me toda aquela soma de ideias e crenças que me alentaram na minha adolescência e puerícia.

O narrador traça, a um só tempo, a justificativa e o objetivo de seu testemunho:

> [...] foram tantos os casos dos quais essa minha conclusão ressaltava, que resolvi narrar trechos de minha vida, sem reservas nem perífrases, para de algum modo mostrar ao tal autor do artigo, que, sendo verdadeiras as suas observações, a sentença geral que tirava, não estava em nós, na nossa carne e nosso sangue, mas fora de nós, na sociedade que nos cercava, as causas de tão feios fins de tão belos começos (BARRETO, 1961a, p.42).

Testemunha-se, pois, para inserir no campo de debates algo que as análises ditas racionais e científicas tendiam a excluir: a concretude das existências negras. Isto é, há pertinência na descrição do mundo como feita pelo autor do artigo presente na revista lida por Isaías, trata-se de observações verdadeiras. No entanto, esse estado de coisas, contingente e variável, é elevado à constante, ao mundo como é e como deve ser, já que natural. A proposta de Isaías é de problematizar tal mundo por meio de uma dupla inclusão: dessa variável excluída, as existências negras e, consequentemente, das relações entre essas existências e o mundo. Inserem-se novas variáveis a um problema dado como resolvido. As recordações de Isaías são, por um lado, argumentos que visam mostrar o erro cometido pelo autor do artigo. Por outro lado, ao testemunhar, o narrador analisa o mundo e suas relações por meio da sua própria relação com o mundo.

"Alguns críticos dizem que os negros escrevem muito sobre o passado. Mas somos como os escritores judeus", afirma Conceição Evaristo (2017), "que também têm necessidade de retomá-lo. Temos uma dor que ainda precisa ser tornada explícita". Existe, assim, certo plano comum que torna possível e adequado que, ao falar de testemunho – mesmo que se lide aí com narrativas da existência negra na Primeira República brasileira –, os escritos de Primo Levi sobre a *Shoa* e o modo de funcionamento dos *Lager* sejam lembrados. Mas que se tenha calma, que se espere. Algo se mostra necessário.

Para trazer, aqui, tal lembrança, é necessário algo como uma digressão que tente justificá-la, que tente expor tal plano comum. Pois, uma associação, uma analogia, uma lembrança, nunca são gratuitas. Por vezes cobram muito caro e por longo tempo, menos de quem as traçou, mais das pessoas que se encontram presas em tais associações, analogias e lembranças. Portanto, cabe prudência, mesmo que se trate de uma aproximação e uma busca de algo como *apoio mútuo* – talvez alargando o conceito para ser uma ação tanto no campo material quanto imaterial – entre as histórias de lutas contra os nazifascismos, os racismos e suas variações cuja constante é a mesma tentativa de extermínio de pessoas e de *povos*. Tal aproximação – ou, mesmo, proposta de vinculação – só pode se dar de modo prudente se for compreendido como pode funcionar algo como um apoio mútuo.

Bell hooks (1996) fala, nesse sentido, em manter o legado de uma luta compartilhada entre pessoas judias brancas e pessoas negras. Se a autora reconhece a existência de pessoas negras judias, ela direciona sua fala àquelas brancas. E justifica tal direção pelo fato destas - apesar de poderem "passar" pelo crivo da brancura e de serem capazes de agir de modo racista em relação a pessoas negras - serem, também, alvos da chamada supremacia branca. Por fim, conclui que, para se manter o legado de uma luta compartilhada, para que algo como um apoio mútuo, material e imaterial, seja construído/fortalecido, são necessários espaços abertos de *diálogo crítico* no qual antissemitismo e racismo *anti-negro* possam ser confrontados mutualmente. Mas não só: onde ações de colonização e extermínio possam ser criticadas e combatidas - como ressalta ser o caso da política do Estado de Israel sobre a Palestina. Crítica e combate que se deem sem o recurso ao antissemitismo, por um lado; e, por outro, sem a desconsideração e descaracterização da crítica e do combate por meio da acusação de antissemitismo[5].

Fala-se, portanto, em apoio mútuo, pois não se trata de uma tentativa de legitimação (ou seja, não se trata de - por meio da associação a um processo histórico de extermínio, do que se fez para tentar chegar ao objetivo dessa empreitada, do que se sofreu com ela e do que se pôde fazer para sobreviver - buscar algo como uma validação do presente); nem de denunciação (uma equivalência entre um estado de perseguição e extermínio de corpos marcados - pela raça - e qualquer outra situação cujos traços principais não são a marcação, a perseguição e o extermínio. Passa-se a algo como uma notificação de situações variadas sem relações com o passado e com presente das existências em jogo e em risco. Por tal equivalência, dá-se um verdadeiro esvaziamento do passado, do presente e do futuro). Quando se fala em apoio mútuo quer se dar base a algo como um plano comum que pode, ao mesmo tempo: detectar os perigos

[5] E aqui, cabem as palavras de Lowkey (2011): "não há nada mais antissemita que o sionismo".

– por vir ou já presentes – da marcação, perseguição e extermínio; conectar esses corpos, sempre singulares, que acabam por ser aglomerados por um ímpeto de marcação (*racialização*), apagamento e assassinato (ímpeto que possui, desde seu início, algo que se manifesta apenas em seu final: um impulso suicidário) e; por meio de tal conexão, dar solo e impulso para lutas compartilhadas, cujo o objetivo é dar um fim aos racismos e nazifascismos.

E cabe lembrar, Aimé Césaire (1978) já mostrou a conexão umbilical entre o colonialismo, o racismo e o nazifascismo: "a colonização desumaniza, repito, mesmo o homem mais civilizado", "a ação colonial, a empresa colonial, a conquista colonial, fundada sobre o desprezo do homem indígena e justificada por esse desprezo, tende, inevitavelmente, a modificar quem a empreende", "o colonizador, para se dar boa consciência se habitua a ver no outro *o animal*, se exercita a tratá-lo como *animal*, tende objetivamente a transformar-se, ele próprio, em *animal*" (p.23-4). O nazismo é uma barbárie, "a barbárie suprema, a que coroa, a que resume a quotidianidade das barbáries", ou seja, há uma cumplicidade anterior, pois "o toleraram, esse mesmo nazismo, antes de o sofrer, absolveram-no, fecharam-lhe os olhos", "porque até aí só se tinha aplicado a povos não europeus". Daí que Césaire conclui: "no fundo, o que não [se] perdoa a Hitler não é o crime em si, o crime contra o homem, não é a humilhação do homem em si, é o crime contra o homem branco, a humilhação do homem branco e o ter aplicado à Europa processos colonialistas a que até aqui só os árabes da Argélia, os 'coolies' da Índia e os negros da África estavam subordinados" (p.18). Talvez agora (que se repita e se reafirme a dúvida); talvez, agora, se possa lembrar.

No prefácio a seu *É isto um homem?*, Primo Levi (1988) expõe que seu livro "não foi escrito para fazer novas denúncias; poderá, antes, fornecer documentos para um sereno estudo de certos aspectos da alma humana" (p.7) e, ao mesmo tempo, que emergiu para satisfazer uma necessidade "de contar 'aos outros', de tornar 'os outros' participantes"; dessa maneira, a obra nasce "com a finalidade de liberação interior" (p.8). O testemunho apresenta-se com essa dupla finalidade: um material para leitura do mundo (e da alma humana) e um processo de libertação, cuja completude só pode ser vislumbrada por meio da escuta e da participação "dos outros".

E não há nenhuma facilidade aí. Sabe-se que o regime nazista era "uma guerra contra a memória" (LEVI, 2007, p.20) e que os soldados da SS (*Schutzstaffel* – Forças policiais do regime nazista alemão) divertiam-se ao informar cinicamente aos prisioneiros que, mesmo que alguém dentre estes últimos sobrevivesse para testemunhar sobre os campos, ninguém creria nesses relatos sobre atos tão monstruosos. Diziam os soldados que, mesmo com a derrota do regime nazista, as provas desses atos seriam destruídas e seriam eles mesmos, os soldados, que iriam contar/fazer a história dos campos. Daí o sonho compartilhado entre os prisioneiros, inclusive Levi, no qual, já em casa, eles se sentariam em suas mesas, junto a suas famílias e pessoas queridas, e começariam a narrar os acontecidos; no entanto, essas pessoas não chegavam nem a escutar, pois se levantam e, silenciosamente, vão embora (1988; 2007).

Primo Levi (2007, p.11), por meio de seus testemunhos, busca contribuir tanto para a análise de algo brutal como para responder "quanto do mundo concentracionário morreu e não retornará mais, quanto retornou ou está retornando? Que coisa cada um de nós pode fazer para que, nesse mundo grávido de ameaças, ao menos essa seja frustrada?". E, como que reafirmando tal direcionamento de análise do real por meio do testemunho, adiciona ao final do prefácio de seu primeiro livro: "acho desnecessário acrescentar que nenhum dos episódios foi fruto de imaginação" (1988, p.8).

Em relação à obra de Primo Levi, aquela de Lima Barreto apresenta, obviamente, aproximações e distanciamentos, e é dessa relação que alguma definição da literatura ficcional de testemunho pode emergir. As recordações de Isaías são apresentadas como um meio pelo qual, por um lado, se pode analisar um estado de coisas que pesa sobre a vida daquelas pessoas do mesmo nascimento do narrador e, por outro, transformar o horizonte dessas que, até aquele momento, são habitadas pela "irremediável derrota", pela "queda aos poucos" (BARRETO, 1961a, p.102), e pelo jogo interminável da expectativa de algo melhor e das decepções concretas com a cidade, com a política, com o jornalismo e a literatura majoritária, por exemplo. Com suas recordações, o narrador tenciona "modificar a opinião dos [s]eus concidadãos, obrigá-los a pensar de outro modo": "a não se encherem de hostilidade e má vontade quando encontrarem na vida um rapaz como eu e com os desejos que tinha há dez anos passados. Tento mostrar que são legítimos e, senão merecedores de apoio, pelo menos dignos de indiferença" (p.120). Por isso o silêncio em relação ao testemunho, que persegue Primo Levi em seus sonhos, atordoa tanto, também, Lima Barreto[6].

Mas enquanto no primeiro o testemunho é a partilha de uma memória; partilha necessária para o retorno efetivo daquele que se encontrava ausente (LOPES, 2017); necessidade denotada pelo desespero de quem se encontra nos campos de concentração, cujo pensamento do retorno é atormentado pela indiferença a seu testemunho. No segundo, conjura-se contra um retorno, pois guiado a um tempo intolerável – a escravidão; ou direcionado a uma terra inalcançável, impalpável – a África. A partilha da memória é a busca por abrir sulcos de possibilidades diferentes de um passado que não passa, e não só coexiste, mas acavala presente e futuro, cerceando-os por meio de probabilidades – nada mais que atualizações de um passado intolerável, impostas por um estado de coisas embevecido no racismo, que persiste graças à noção de um passado já acabado.

Parece pertinente repetir as palavras de Isaías – "Eu me lembrei de escrever essas recordações". Se se lembra e relembra da tarefa de escrever as próprias memórias é devido à repetição de situações nas quais "o passado não passa", mas varia. Lida-se menos

[6] Daí se dizer que o silêncio em torno à obra de Lima Barreto não era inocente e sem um sentido PENTEADO MARTHA (2000).

com um evento traumático e mais com a multiplicação de situações nas quais não se pode ganhar, não importando o que se faça (BATESON, 1987). Lida-se aí com a repetição da experiência de perda, ao mesmo tempo individual e coletiva. A questão é, então, como criar um novo tempo, uma nova terra, um novo povo.

Diz-se, portanto, que há uma coletivização primeira no testemunho das *Recordações*. Parece possível afirmar que não se trata da narração individual de uma experiência coletiva, como no caso de Primo Levi, no qual há uma coletivização posterior, tanto numa conjunção de narrativas individuais que permitem uma visão quase que completa de um fenômeno – no caso, um fenômeno atroz –, quanto a possibilidade de outros indivíduos se reconhecerem no testemunho de outrem. O processo de ficcionalização tende, a partir da narração, a tratar de modo coletivo um problema coletivo. (E não há, aí, hierarquização entre os modos de testemunho – de coletivização posterior ou anterior. Distinguem-se modos de testemunhar, ambos efetivos e necessários). Parece um processo derivado da prudência de Lima Barreto para não cair em uma armadilha específica: a da *pessoalidade*. Ficcionaliza-se com o intuito de fugir, não da narrativa individual, mas sim daquela pessoal. Esta não é nada mais do que o efeito, e o reforço, do fenômeno que se gostaria de analisar. É nesse sentido que pode ser entendida sua crítica à literatura feita majoritariamente: "uma literatura de clube, imbecil, de palavrinhas, de coisinhas", nela não há "um grande sopro humano", pois uma "literatura estreitamente pessoal, no que de pessoal há de inferior e banal: amores ricos, mortes de parentes e coisas assim" (BARRETO, 1956c, p.100).

Assim pode-se compreender a distinção entre pessoal e existencial, e a impossibilidade de intercâmbio entre esses termos. O primeiro vincula-se a termos como *privado* e *particular*, e sua necessária oposição ao público; lida-se com a "minha história", a "história de minha família", a "de minha cidade". Tem-se aí, mesmo que se trate de uma "história de superação", certa homenagem à forma social vigente, tendo-se apenas encontrado um "lugar justo" para si e para "os seus". De qualquer forma, ainda se está do lado dos "vencedores". E a necessidade de oposição ao "público" apresenta um funcionamento preciso: sobre o antagonismo aparente entre interesse público e privado, reina a indistinção, ou melhor, reina o desejo dos "vencedores", como Lima Barreto (2010a) expõe no conto "Interesse público".

Tem-se em Lima Barreto algo diverso. Algo explicitado por Vicente Mascarenhas, narrador de *Cemitério dos vivos*: "o meu pensamento era para a humanidade, para a miséria, para o sofrimento, para os que sofrem, para os que todos amaldiçoam" (BARRETO, 2010b, p.208). Algo que se manifesta no modo de escrever de Lima Barreto, pois, como afirma Abdias Nascimento (2017), o autor "desenvolveu sua obra numa linguagem viva, quase tão livre como o falar do povo, e desdenhou aqueles escritores que se autoencarceravam aos rigores gramaticais e estilísticos da língua portuguesa usada pelos acadêmicos do Brasil ou de além-mar" (p.157). Ou seja, Lima Barreto "não se dobrou às imposições do meio" (p.156) e, mais especificamente, não se curvou à "estética da brancura" (p.153).

Existencial é algo não classificável segundo as categorias de privado, pessoal, particular, público, social. Quando se fala em existência atravessa-se tudo isso; quando se fala em modo de existência, busca-se realçar certa composição, a partir dos elementos heterogêneos de que se dispõe, de um portar-se, expressar-se, pertencer e pertencer-se, direcionar e direcionar-se, avaliar e avaliar-se enquanto *um certo existir*. A questão não é: "existe-se?", mas sim uma série de questões, por exemplo: "como se existe e como se pode existir?", "como se existe e se pode existir em um *meio* devastado pela homogeneização?" e, em particular, "como se existe e como se pode existir em um meio propriamente *branco*?". A atenção volta-se, concomitantemente, ao atual e ao virtual. E algo aí é importante.

Quando se fala em atual e virtual, deve-se falar também em caos, definido menos "por sua desordem que pela velocidade infinita com a qual se dissipa toda a forma que nele se esboça". O caos é "um vazio que não é nada, mas um virtual, contendo todas as partículas possíveis e suscitando todas as formas possíveis que surgem para desaparecer logo em seguida, sem consistência nem referência, sem consequência"; é "uma velocidade infinita de nascimento e de esvanecimento" (DELEUZE, GUATTARI, 1997, p.153). O atual é, assim, uma desaceleração. Mas se algo se atualiza, só o faz guardando certa potência de virtualidade. Daí o virtual ganha consistência, senão retornaria a sua velocidade infinita caótica. Trata-se, então, de uma atividade, algo como um exercício de atenção e de preparo, voltados a isso que é "[r]eal sem ser atual, ideal sem ser abstrato" (p.202). Essa penumbra, na qual habitam essas "partículas de possíveis" desaceleradas, é o plano no qual se pode chegar ao "mais alto ponto de crítica de sua época", (p.130), pois, tratando-se do ponto de conjunção entre o atual e o virtual, nele é que se torna possível a conexão que dará corpo ao novo, ao acontecimento (daí parecer pertinente ainda falar em "utopia").

Se é dito que se lida aí com uma atividade de atenção e preparação, pode-se dizer, talvez, que se fazem *ensaios*, ensaios de *vir-a-ser*, e a questão parece ser exatamente esta: "como alguém se torna o que é?". E se são ensaios, ao se falar em testemunho – da narrativa de e acerca de uma existência perante o que o mundo, enquanto dado, possui de mais tenebroso – fala-se, ao mesmo tempo, da humanidade, do mundo enquanto *já-aí* e, sobretudo, enquanto *em-vias-de...*; por isso, em relação a Lima Barreto, há a necessidade de adjetivação: um testemunho ficcional. Algo visível em certo tema da passagem por uma bifurcação: do caminho que se seguiu, do que podia ter sido seguido e de certa penumbra sobre o caminho a se tomar – tema que aparece acoplado à expressão "deus escreve certo por linhas tortas", que aparece tanto na *Breve notícia* como na crônica *Da minha cela* (BARRETO, 2010b). Algo como um "podia ter sido algo que se sabe o que é" ou um "estar em uma situação que se conhece qual é e que denota o afastamento daquilo que se podia ser", ou seja, a bifurcação; mas, sobretudo, uma indeterminação em relação ao que se pode ser e, ao mesmo tempo, a criação de um trajeto em direção a esse indeterminado, cuja única característica conhecida, e essencial, é que se sabe que não é aquilo que já se conhece. A questão é de afronta em relação ao *já-aí*, às probabilidades dadas. Ou seja, trata-se de criação de possíveis, de cura. A bifurcação se desfaz não pela predominância de um, mas pela emersão de outros caminhos (o que faz parecer adequado falar em encruzilhada). Nessas tramas é que irá se desenrolar a relação entre autor e personagem, e pelas quais quem escreve buscará manejar sua própria existência.

Assim, o testemunho da personagem, enquanto abstração, permite uma ampliação, tanto diacrônica quanto sincrônica, no trato do que se tem sob atenção. Pode-se dizer que se lida com uma tentativa de ir, no próprio texto, em direção ao coletivo. Mais precisamente, em direção a um povo. Fala-se sobre aquelas pessoas que compartilham certa situação, "um rapaz como eu": negro, pobre, interiorano ou suburbano, que escuta, como Isaías, um "vai, vai" desfrutar, também, o que a República e a Modernidade oferecem, mas diante delas acabam por encontrar bloqueios, barreiras e decepções impostas, exatamente, pelo fato de serem pessoas negras, empobrecidas, interioranas, suburbanas. Elas então desafiam o mundo como ele está ao atenderem ao chamado de "vai, vai". Mas há uma coletivização mais urgente. Ela pode ser vista ao se verificar que há um trabalho sobre camadas do passado. Uma delas seria a de uma vida que é narrada, fazendo de seu passado algo desde já coletivo: "um rapaz como eu". E uma camada de passado que aparece de modo mais sutil e apresenta toda a sua brutalidade. Uma camada que se relaciona com o destino de todo um povo e que engloba aquela primeira: o passado da escravidão[7].

[7] Talvez seja pertinente pensar no papel do testemunho em relação ao que pode ser entendida como história da diáspora negra. Se, aqui, fala-se em Lima Barreto, pode-se lembrar, ainda, dos escritos autobiográficos de pessoas escravizadas, produzidos a partir do século XVIII, como também nas intervenções testemunhais de "preta Suzana" no romance *Úrsula*, de Maria Firmina dos Reis (2017). Se há, quando se trata de alguns coletivos indígenas – como mostra Peter Gow (1991),

Se, em primeiro plano, as recordações são trabalhadas como modo de confrontar o racismo científico, principalmente as considerações acerca da degenerescência da mestiçagem; em segundo plano, há a escravidão, por um lado, tratada como fantasmagoria, passado longínquo (mesmo que recente), que por vezes emerge para assombrar a todos (brancos), mas que não se trata de um problema atual ou mesmo concreto, e, por outro, vivida como um passado que não passa e cujos efeitos são esmagadores.

Nesse segundo plano seccionado, aparece um "preto velho, quase centenário" que, em um cais, por entre as pessoas do Globo – jornal no qual Isaías trabalha –, "andava de leve, sem quase tocar no chão, escorregava, deslizava – era como uma sombra..." (BARRETO, 1961a, p.232), um fantasma. "Em todas as fisionomias, havia decerto piedade, comiseração, e mais algumas coisas que não me foi dado perceber. Era constrangimento, era não sei o que..." (p.232). E assim o "negro ia" e, logo, a vida continua, sem perturbações. E não é por acaso que esse trecho aparece rico em reticências; há algo que segue, que permanece, mas que não se pode, ou melhor, não se quer tratar de modo preciso. Na outra parte fruto dessa secção, há "uma preta velha, antiga escrava" (p.92) do pai de Isaías, "tia Benedita". Mantinha-se na casa daquele que a escravizara – não andava à deriva como o preto velho no cais. Ela ilustra o passado que não passa, apesar de variar. Tia Benedita conta histórias a Isaías criança, sua mãe – não ex-escravizada, mas também negra – serve seu pai, branco: "ao menor ruído [a mãe] vinha correndo do interior da casa para saber se [o] pai queria alguma coisa" (p.92). Pode-se dizer que se tem, aí, o compartilhamento, uma conexão por meio de

a partir de seu estudo junto aos Piro do Bajo Urubamba, na Amazônia Peruana –, um papel preponderante do parentesco como modo de produção e narração da história, mesmo no "contato" com o *mundo branco*; parece pertinente dizer que, com o corte produzido pela diáspora e o consequente bloqueio genealógico entre população em diáspora e população africana, corte e bloqueio reatualizados tanto com a impossibilidade de manutenção de famílias negras sob a escravidão quanto com o ideal de embranquecimento que tende ao apagamento dos laços negros, o testemunho passa a ser ativado como modo primordial de produzir, compreender e narrar a história negra.

um sofrimento comum: "uma imensa emoção [que] penetrava-me tão fundo que despertava nas minhas células já esquecidas a memória enfraquecida desses sofrimentos contínuos que me pareciam eternos" (p.114).

Parece haver algo mais, algo importante. A preta velha aparece contando histórias. O preto velho perambula cantando. As histórias são da Europa, mas não são meras reproduções. Elas são transformadas pela "imaginação selvagem", nelas irrompem "combates de gênios maus, com malefícios de feiticeiras, toda uma ronda de forças poderosas e inimigas da vida feliz dos homens" (BARRETO, 1961a, p.92), ou seja, cria-se. Já a música era tirada com "um caniço que distendia um arame de pescaria"; o velho, "auxiliado por uma varinha, vibrava a corda, enquanto balbuciava qualquer coisa [...] talvez uma ária de uma extravagante beleza, certamente só percebida por ele e feita pela sua alma para a sua alma" (p.232), "uma plangente música das recordações do adusto solo da África, da vida fácil de sua aringa e do cativeiro semissecular!" (p.233), novamente, cria-se. O criar artístico aparece aí como uma linha de fuga desse plano seccionado entre fantasmagoria e um passado que não passa. A preocupação com a criação artística dá-se como preocupação com a criação da própria existência. Lida-se aí com a expressão de existências. Por isso a afirmação: "os negros quando ninguém se preocupava com arte no Brasil eram os únicos" (BARRETO, 2010a, p.602); tratava-se de questão não apenas de sobreviver, mas de criar vida em um contexto que impunha (e impõe) sofrimentos e impossibilidades[8].

Não há separação entre arte e vida. A arte não representa nada, ela funciona, ela é expressão da vida e de vida. E aqui é que se encontra a obra de Isaías/Lima Barreto. Trata-se de um testemunho já

[8] *Ponciá Vicêncio*, de Conceição Evaristo (2003), pode ser lido, também, nas tensões entre esse plano de fantasmagoria e um passado que não passa (a figura do avô ex-escravizado é essencial) e, ao mesmo tempo, um corte criativo (aí, destaca-se a produção material de Ponciá e, de forma mais evidente, seu manusear criativo de uma matéria invisível).

coletivo, já de um povo e, por isso mesmo, um testemunho ficcional, artístico, pois é, também, a construção da expressão de uma existência negra (não escravizada, nos centros urbanos, na República) que encontra na literatura, campo hegemonicamente branco, tanto um meio novo de expressão como um novo modo de manejar a própria existência. Algo novo nasce. E, se é correto afirmar que a história da literatura brasileira é, majoritariamente, a história de um instrumento da colonização, da forma pela qual se deu a imposição de certo modo de existir (e se expressar) enquanto humano (mesmo que por meio de idealizações) em detrimento de outros, isto é, como instrumento de extermínio de modos de existir heterogêneos; e que negros(as) educados(as) nos moldes da colonização passam "a ter em si" aspectos, fragmentos, de diferentes grandezas, da "cultura colonizadora", os quais utilizam como elementos a constituir um novo modo de expressão e, logo, um novo modo de existir; é correto assegurar, também, que essa empreitada negra (e seu sucesso) é um dos poucos meios com os quais se pode extrair o que há de vida em uma cultura de morte, de extermínio. Por isso é necessária uma nova adjetivação, que fará com que a própria literatura se transforme.

Não se trata, pois, de literatura brasileira, já que o Brasil enquanto colônia e enquanto nação independente é a manifestação do esmagamento da heterogeneidade. Daí a decisão de falar em literatura afro-brasileira, pois busca-se realçar uma colisão. Explicitar, de um lado, o objetivo e o desejo hegemônicos de um Brasil branco, a partir dos quais falar em literatura é falar da produção escrita branca; de outro, um processo de criação no qual há a extração do que pode haver de vida dessa abstração mortificante – a nação (brasileira) – por meio da composição de elementos disponíveis, díspares, mesmo aberrantes, a partir de um núcleo (afro) catalisador de duas faces, ele mesmo em transformação nesse processo, a saber: de um lado, a herança africana manifestada concretamente – nos corpos e nos modos de viver desses corpos – e, de outro, uma África virtual – não há impulso de retorno a uma origem, a uma terra-mãe; há a emersão de um componente-chave em um universo de referências. "Componente-chave", o que não quer dizer englobante, mas efetivamente uma abertura de inteligibilidade e uma ruptura para a criação.

A presença dos pretos e das pretas velhas, portanto, não é por acaso. Configuram-se enquanto abertura e ruptura. Se é pertinente falar, assim, em Lima Barreto como uma das primeiras vozes da literatura afro-brasileira (EVARISTO, 2009) e, por isso mesmo, como uma das pessoas que enriqueceram e deram originalidade à literatura feita no Brasil, cabe lembrar, como o faz Conceição Evaristo, que não é por acaso que o autor intitula sua residência de *Vila Quilombo*; ele mesmo é um elemento em uma linha histórica de luta e criação.

Mas cabe continuar. E não se deve ter pressa. Isaías testemunha e é, em princípio, personagem de Lima Barreto. São explícitos os traços comuns na vida de autor e personagem. E daí vem a crítica à obra: Lima Barreto não teria tido competência suficiente para se esconder, portanto, não há arte, apenas ressentimento. Crítica gestada pela incompreensão. Afinal, não há tentativa de ocultar-se; pois há testemunho e há *despessoalização*. Não se lida com memórias pessoais. Isaías deixa isso visível quando, ao falar sobre sua obra, aponta para a possibilidade, mesmo o desejo, de que ela possa "despertar um escritor mais hábil que a refaça e que diga o que não pude nem soube dizer" (BARRETO, 1961a, p.122). A memória é, no *Recordações*, uma matéria a ser trabalhada. Um trabalho que ao ser feito, tanto por quem escreve quanto por quem lê, articula-se, emaranha-se, a uma existência que não é pessoal, mas também não é só individual, pois conectada à existência de um *povo* (e, consequentemente, ao *todo*). Trata-se de uma matéria que só pode ser trabalhada desde que se trabalhe, também, seu "meio". Rememorar, portanto, não é um ato voltado para o passado, mas a provisão de um material que pavimentará vias de conexão voltadas para o futuro.

Na *Breve notícia*, ao mesmo tempo em que Lima Barreto fala de Isaías como seu amigo e como autor da obra, as palavras de um crítico, selecionadas pelo primeiro, apontam, de modo explícito, para o autor do livro: Lima Barreto. Não existe acaso aí. Há um procedimento criativo a partir do qual o autor se *despessoaliza* por meio da personagem para conectar-se a um povo; e a personagem, por sua vez, se realiza por meio de seu emaranhamento com o autor. Existe uma via aberta entre personagem e autor.

Em uma direção, pode-se levantar a hipótese de que não é por acaso que Lima Barreto se refere a Isaías Caminha, o personagem, como seu amigo. Leitor e, por vezes, crítico de Nietzsche (FIGUEIREDO, 2004), parece provável que Lima Barreto tenha tido conhecimento da seção sobre o amigo, e sua funcionalidade, em Zaratustra: "[e]u e mim estamos sempre em colóquio por demais acalorado; como poderia suportar-se tal coisa sem um amigo? Sempre, para o eremita, o amigo é o terceiro; e o terceiro é a cortiça que não deixa o colóquio dos dois ir para o fundo" (NIETZSCHE, s/d, p.72) O amigo é a abertura para o mundo, é o que impede que se caia no buraco negro da pessoalidade. "O amigo, diz Zaratustra, é sempre um terceiro entre eu e mim, que me leva a me superar e a ser superado para viver" (DELEUZE, 2010, p.06).

Na outra direção, a personagem é esburacada pela sua conexão com o autor. Esburacamento que a torna mais complexa e aberta ao quase infinito da existência concreta: a "personagem é complexa e múltipla porque o romancista pode combinar com perícia os elementos de caracterização, cujo número é sempre limitado se os compararmos com o máximo de traços humanos que pululam, a cada instante, no modo-de-ser das pessoas" (CANDIDO, 2000, p.59). Os esburacamentos são muitos, e os exemplos mais perceptíveis são a enumeração, por Isaías, dos autores caros a Lima Barreto e a referência a capítulos prontos do livro *Clara dos Anjos*. O mais drástico, talvez, seja o próprio prefácio à segunda edição, chamado *Breve notícia*: se ao final do romance não se encontra triunfo, não se acha um desfecho em concatenação com os anseios e as ações da personagem que se acompanhou, a *Breve notícia* instala mais uma abertura. Talvez seja mais adequado falar que não se encontra desfecho algum: a amargura de Isaías com sua vida no interior é a brecha para que ele ouça e responda ao "Vai Isaías! Vai!... Isto aqui não te basta..." (BARRETO, 1961a, p.47); assim aquela amargura que aparece no final do livro poderia ser a fissura para uma nova jornada desconhecida: "chegar – aonde? Não sabia bem; para chegar fosse como fosse" (p.125). Isaías, ao analisar sua estadia no Globo, afirma: "quase me conformei" (p.274). A amargura aparece como disparador de arrancadas. No entanto, quem lê o prefácio é informado de que Isaías transformou-se, "perdeu muito de sua amargura" e "tomou outro rumo", "enriqueceu e será deputado" (p. 43). O que leva Lima Barreto a questionar, ao olhar a vida de Isaías: "Deus escreve direito por linhas tortas, dizem. Será mesmo isso ou será de lamentar que a felicidade vulgar tenha afogado, asfixiado um espírito tão singular? Quem sabe lá?" (p.43). O autor, então, reabre o livro, precariamente fechado, para, por um lado, encerrar a movimentação do protagonista e selar seu destino: adaptou-se, apagando-se[9]; e, por outro, oferecer uma nova chave de leitura: se há uma conexão íntima entre autor e personagem, a *Breve notícia* é, para Lima Barreto, um meio pelo qual se pode conjurar contra o destino

9 Insistindo ainda na relação entre os escritos negros e judeus, apontada por Conceição Evaristo, ao se conhecer a transformação de Isaías, como informada na *Breve notícia*, transformação que o afasta das probabilidades vigentes para a população negra – pobreza, doença e crime: poder-se-ia ser "engolido no sorvedouro... ladrão... bêbado... tísico e quem sabe mais?" (BARRETO, 1961a, p.47) – mas que para tanto cobra um alto preço – a asfixia, o apagamento da singularidade – parece pertinente lembrar da narrativa de Sarah Kofman (2000), em *Rua Ordener, Rua Labat*. Trata-se do testemunho de quem se salvou dos campos, mas que para tanto foi submetida, enquanto criança, a toda uma metamorfose que a afastou do judaísmo por meio, por exemplo, da inclusão de alimentos proscritos pela religião. Metamorfose empreendida por *Vovó*, mulher que a abrigou, livrando-a, assim, dos campos: "Pouco a pouco vovó operou em mim uma verdadeira transformação" (KOFMAN, 2000, p.74); "Ela [vovó] não parava de repetir que eu tinha sido mal educada: eu obedecia interditos religiosos ridículos mas não tinha nenhum princípio moral. Não se devia dizer 'isso', fazer 'aquilo', 'isso' era bom, 'aquilo' era mau. Ela se empenhou em me reeducar dos pés à cabeça e em aperfeiçoar minha instrução" (p. 82). Vê-se, nos escritos de Lima Barreto e de Sarah Kofman, o preço da salvação.

de Isaías. Se o destino desse último é selado, como que fechando o livro mesmo antes que a recordação comece; o livro é esburacado e aberto em direção ao quase infinito, pois conectado à existência de Lima Barreto. E, aqui, as duas faces de seu procedimento se entrelaçam, pois, por meio dessa via entre personagem (amigo) e autor, esse último maneja sua própria existência, utilizando-se do personagem enquanto um cartógrafo dos prováveis e dos possíveis, desejados e indesejados (daí ser possível falar em literatura enquanto saúde). Para compreender Lima Barreto parece ser necessário ler em zigue-zague as obras ficcionais e não ficcionais, como seus diários, crônicas e correspondências. Ou melhor, talvez seja preciso instalar-se momentaneamente no espaço que há *entre* esses escritos.

Convém continuar, vagarosamente. O testemunho de Isaías/ Lima Barreto diz algo mais, e não apenas sobre o passado. Parece que já se pressente a próxima força com a qual precisará debater-se. Cabe ver, nesse sentido, um trecho do prefácio de Francisco de Assis Barbosa (1961) ao *Recordações*. Após comentar sobre a represália a Lima Barreto por parte dos "senhores da literatura", Barbosa (1961) pontua: "[n]ão se diga que no Brasil não existia naquele tempo ou não existe hoje em dia preconceito de cor. Veiga Miranda caiu nesse equívoco e, num artigo, publicado em São Paulo, sobre o Isaías Caminha, discordou do romancista [Lima Barreto]" (p.14); apresenta o argumento do crítico: "[e]stamos muito longe dos Estados Unidos. Poder-se-ia dizer antes que uma dose de mulatice até influi favoravelmente na carreira do indivíduo"; e o responde: "esqueceu-se o ilustre publicista de acrescentar: desde que passem por brancos..." (p.15).

Torna-se explícita, aí, a mudança de funcionamento da ideia de mestiçagem. Se, por um lado, Isaías debate-se com os enunciados constituintes e constituidores de uma hierarquia racial na qual a população negra aparece, ao mesmo tempo, enquanto "raça inferior" – quando se trata de pessoas "negras puras" – e enquanto "degenerescente" – quando se tem em foco pessoas "mestiças"

–; por outro lado, o narrador sabe que se encontra em um campo de batalha discursivo no qual as significações são estabelecidas. Por isso Isaías pode afirmar, acerca do termo "mulatinho", que "é questão de semântica: amanhã, dentro de um século, não terá mais significação injuriosa" (BARRETO, 1961a, p.111). Aqui há uma outra chave para a leitura do *Recordações*, uma certa chave de atualização, a partir da qual o romance pode ser direcionado para seu futuro, podendo, assim, enfrentar a ideia de mestiçagem como identidade nacional e, consequentemente, a de democracia racial.

O mito de origem[10] do Brasil enquanto resultado do encontro e da síntese harmônica das ditas três raças, cujo efeito é a ideia de uma nação mestiça viável para todas as pessoas, torna inverossímil, ou melhor, inenarrável o testemunho da asfixia sentida pela pessoa negra, presa entre subserviência e integração. Por um lado, a escravidão – e suas consequências – como passado (que não passa) dos vencidos. Por outro, a integração, ou a assimilação de um pequeno grupo, como extensão do passado dos vencedores. Em ambos, lida-se com o apagamento prévio do que poderia emergir como *novo* daquilo que há de heterogêneo na história do que passou a se chamar Brasil. E esse é um aspecto importante. Não é inadequado lembrar das equações de apagamento exponencial da negritude no país por meio da mestiçagem e dos diferentes dispositivos jurídico-policiais para reprimir e, logo, fazer desaparecer o que poderia ser chamado de modo de existir afro-brasileiro[11].

[10] "Todo problema de origem é sempre insolúvel" (BARRETO, 2010b, p.68). Lima Barreto apontou a inutilidade da busca pela origem, pelo autêntico, assim como o perigo dessa procura enquanto combustível do nacionalismo. Todo o Policarpo Quaresma parece ilustrar essa relação entre a inutilidade e o perigo de tal empreendimento, na qual o embate entre nacionalismos – um que seria legítimo pois baseado em origens autênticas e um que seria ilegítimo pois baseado em interesses específicos – é algo irresoluto.

[11] A Revolta que estoura devido ao projeto de lei do calçado obrigatório no *Recordações*, parece se encontrar nesse âmbito. Daí ser possível ouvir, por "debaixo" das palavras do crítico do Globo, Floc, algo além de uma mera preocupação com a indumentária independentemente da cor de quem a porta: "[c]ausa má impressão ver essa gente descalça... Isso só nos países atrasados! Eu nunca vi isso na Europa..." (BARRETO, 1961a, p.243). Isaías afirma que, com relação à lei, atuava o mesmo espírito que movia as transformações urbanas no Rio de

A exaltação de um Brasil autenticamente mestiço configura-se, desse modo, como uma estratégia discursiva cujo resultado é tornar a experiência da asfixia algo inenarrável, pois o mito de origem do Brasil é "como um salto no mesmo lugar, uma transformação incorpórea que se faz no instante Zero" (DELEUZE, GUATTARI, 2008, p.20), cujo efeito concreto é a manutenção de um estado de coisas derivado da hierarquia racial. Manutenção possível graças a uma ruptura radical, pois amnésica, com o passado, ou seja, com o sequestro e com escravidão. Não há algozes e não há vítimas, não existem consequências, por isso, algo diferente do encontro harmônico entre as raças é destinado ao esquecimento, pois é uma não-história. A mestiçagem como origem autêntica da nação apresenta-se, ao mesmo tempo: como mito da aurora de um estado civil *sui generis*, que produz ao redor do que dele se diferencia uma barreira de incompreensão, algo que tende a impedir, ao mesmo tempo, a transmissão de experiência entre aquelas pessoas cerceadas por tal barreira e o diálogo entre essas e aquelas "de fora"; como solução, enquanto afastamento, para o problema da reparação dos danos causados pelos "vencedores".

A rememoração da trajetória de Isaías oferece material para análise desse novo problema, enquanto variação de um problema antigo. Cabe lembrar algumas palavras do narrador:

> Para ele [Loberant, diretor do jornal], como para toda gente mais ou menos letrada do Brasil, os homens e as mulheres do meu nascimento são todos iguais, mais iguais ainda que os cães de suas chácaras. Os homens são uns malandros, planistas, parlapatões quando aprendem alguma coisa, fósforos dos politicões; as mulheres (a noção aí é mais simples) são naturalmente fêmeas. [...]. Não tive grande trabalho em o fazer modificar o juízo na parte que me tocava. Mas não me dei por satisfeito. Percebi que me viam como exceção (BARRETO, 1961a, p.274).

Janeiro e que desejava, "como complemento [...] uma população catita, limpinha, elegante e branca" (p.205).

Isaías reafirma sua meta coletiva. Não há vontade de uma conquista pessoal, de encontrar um lugar "seu" no jogo social. Lida-se aí com uma batalha coletiva. E a percepção de Isaías, de que é visto como exceção, é importante, pois, com a mestiçagem como operadora de uma mudança discursiva estratégica, a *exceção* ganha também um novo funcionamento. Em um campo social marcado pelo racismo biológico, é possível, ou melhor, é logicamente necessário a existência da exceção, de algo extraordinário, que não rompe com o gênero, mas com a regra entendida enquanto média normal do gênero (CANGUILHEM, 2012). De modo diferente, a exceção passa, com a mudança discursiva da mestiçagem, à regra, mas regra desvinculada, incompatível com uma média. De modo mais pormenorizado, um *socius* marcado pela democracia racial é aquele no qual todas as pessoas – inclusive as negras, mestiças ou não – poderiam ascender na pirâmide socioeconômica por meio de seus esforços. A regra é: se há trabalho e esforço, há ascensão. Não importa que a média seja aquela de pessoas negras que trabalham, se esforçam, e não ascendem socioeconomicamente. Não se abala a regra. E, como modo de protegê-la ainda mais, retorna-se ao indivíduo, não como o que manifesta a regra ou como algo extraordinário que foge à regra biológica de seu gênero, mas como aquele que seria ou não capaz de seguir uma regra.

O que Isaías denota é que, por debaixo dessa regra – algo como um imperativo universal do capitalismo –, há uma enormidade de princípios que constituem o *ethos branco* enquanto requisito para o que poderia ser dito bem-estar social. E, quando se fala nesse *ethos* – entendendo o termo, breve e provisoriamente, como costumes, hábitos, regras básicas de condução cotidiana – busca-se deixar explícito que há, também, uma hierarquia do imaterial, e o narrador torna isso visível ao dar cor às ideias, às noções, à cidade desejada: branca. Tal *ethos*, em princípio, poderia estar distanciado da cor dos corpos, mas funciona como: 1) operador de homogeneização – a conformação permanente, sempre frustrante, a um modelo vazio e cambiante de *branquitude* que atinge a todas as pessoas e, acima de tudo, àquelas mais distantes de tal modelo; 2) dispositivo de produção de isolamentos – ruptura de comunidades, atuais ou virtuais, e aglomeração, agora, a partir do quanto se pode, ou não, se aproximar de tal modelo. A aglomeração (cujo resultado é, sobretudo, a solidão) é sempre precária, pois distendida em um esquadro de elementos também precários: um cabelo que se deve ter, uma música que se deve ouvir, um gesto que se deve fazer e, principalmente, uma cor com que se deve nascer. Caso não se tenha tido a sorte de tal "nascimento", passa-se a perseguir aqueles outros elementos por todos os meios para se aproximar, o quanto for possível, de um *ethos branco*; 3) maquinário de embaralhamento – os elementos, apesar de guardar certa permanência, são redistribuídos, e as vidas que os perseguem, devido às forças quase magnéticas deles, diferentemente de poderem manejá-los para manejarem a própria existência, são colocadas e mantidas em um jogo estúpido e quase que sem fim. Por meio desse mecanismo se dá o afastamento de Isaías de sua meta coletiva que o conectava a um povo, uma comunidade, assim como também ocorre o aumento de sua solidão, de sua tristeza e, ao mesmo tempo, sua ascensão social: "[o]lhei uma, duas, mil vezes, os pobres e os ricos. Eu estava só" (BARRETO, 1961a, p.132).

No entanto, não é graças à *incorporação* de tal *ethos*[12] que a ascensão de Isaías ocorre. Ela só é possível graças ao acaso. Seu trabalho e seu esforço não proporcionariam nada diferente de uma posição de subalternidade se ele, por acidente, não tivesse encontrado Loberant, o diretor do jornal, em algo que parece uma orgia. A partir daí, o diretor passa a olhar para o contínuo do jornal, Isaías. Pode-se pensar, aí, que Loberant se veria desprotegido, refém de Isaías: este o viu em seu íntimo, conheceu-o no que teria de mais "indigno"; agora (e por isso), ao olhar para o contínuo sabendo que ele guardou seu segredo, descobriria toda a nobreza que ele esconderia sob a

[12] Do qual o "favor" é elemento tão importante, mas no caso de Isaías é inútil: de nada lhe serviu a carta de recomendação de um coronel de sua cidade, obtida por seu tio.

pele escura e a simplicidade de sua pessoa. Estaria aí o motivo para o chefe de *O Globo* se tornar protetor do contínuo, que logo, sob tal proteção, se transformará em repórter. Mas as coisas são mais complicadas do que isso. Pois, como Lima Barreto (1956c, p.34) afirma em seu diário, "[o]s protetores são os piores tiranos"[13].

Isaías diz-se atingido por sua "falta de decisão", sente-se um "parasita, adulando o diretor para obter dinheiro" (BARRETO, 1961a, p.287), parasitismo que passa a simbiose, pois o hospedeiro também se beneficia enquanto guia exclusivo da vida do parasita. Loberant condensa em si o funcionamento do capitalismo: "[n]ão quero mais gramática, nem mais literatura aqui!" (p.189), grita o diretor ansiando por maiores vendas. A defesa de alguns valores, que até certo ponto parece inabalável, logo se desfaz quando estes se tornam bloqueio para o lucro. Tal defesa – e, ao mesmo tempo, desprendimento – mostra então sua utilidade dentro da máquina de homogeneização, isolamento e manipulação de vidas a partir dos critérios do capitalismo. Mesmo a defesa do mercado, o valor eterno da contraposição ao Estado, entra nesse jogo: assim que é possível, os integrantes do jornal passam a ocupar lugares na máquina estatal. E, como que antecipando essa "ocupação", Isaías faz ver, no funcionamento interno do jornal, a mimetização de um regime tirânico, tão criticado em seus artigos e reportagens. Nesse sentido, todo o *Recordações* faz perceber, de modo paralelo ao racismo e à imposição do que se chamou *ethos branco*, um desespero de fundo, um desalento generalizado, uma exasperação capilarizada, próprios ao modo de funcionar do capitalismo.

Por fim, não é por acaso que Isaías fala em falta de decisão. Pode-se ter a pele escura sem a decisão de ser negro ou negra. Ponto difícil (e sobre o qual muito já foi falado e escrito), mas cabe dizer: tal decisão, aquele de ser negro, negra, se configura, desde a partida, como um trabalho em direção a algo como uma dissolução

[13] Há, aqui, novamente, um ponto de contato com os escritos de Sarah Kofman (2000): ao se ler sobre Loberant, e a transformação que Isaías sofre sob sua proteção, ressoam as palavras da autora acerca de *vovó*.

da negritude na humanidade. A decisão de ser negro/negra é como uma refundação, que já é uma subversão, do título imposto, pelo *mundo branco*, de negro/negra. Título que já contém sua norma, sua forma, sua lei. Então, tal decisão é como uma proposição a dar para si sua lei. Mas não se trata apenas disso, pois se o fosse, tal decisão poderia ser o veredito de algo como um *auto-enclausuramento*, um *assujeitamento*, uma *mumificação* (FANON, 1965; GUATTARI, 2004). Tal decisão já é abertura a um *continuum* que mergulha no mar africano *pré-diaspórico* e atravessa todos as variações dadas a partir do sequestro, do cativeiro e do processo, ainda em curso, de libertação. A negritude, ou seja, a decisão, é, ao mesmo tempo, abertura e fechamento. E não o é apenas em relação a tal *continuum*, como também em relação a todas as variações que vão desde o indivíduo ao cosmos, passando pela humanidade. Mergulha-se ao mesmo tempo no passado e no futuro. E é exatamente nesse sentido que tal decisão é já uma decisão pela própria decomposição futura da negritude (mesmo do indivíduo) e criação de uma humanidade *por vir* – o que não implica a impossibilidade da diferenciação nesse horizonte que se chama uma humanidade *por vir*. Talvez se deva entender com tal expressão um universo que se abre permitindo a formação de novas constelações, *povos por vir*. Mas que se entenda, no caso da *negritude*, tal possível decomposição só pode ter início depois da conclusão de um objetivo: desarmar a *branquitude* – e, necessariamente, a classe dominante.

Deve-se dizer, e ressaltar: lida-se aí com uma decisão, não com uma escolha. Não há opções que poderiam ser analisadas de acordo com certa preferência. O jogo das escolhas é ainda o jogo do capital. A decisão é acerca do modo como se existirá. Se se pretende perseguir indeterminadamente elementos cambiantes e vazios de um modelo cambiante e vazio, ou se tomar-se-á a decisão de viver como pessoa negra, herdeira de certa história, mas, sobretudo, em busca de livrar-se dos grilhões de um modo de ser determinado, inclusive conjurando contra um modelo de negritude: "decidi-me a lutar, a bater-me para chegar – aonde? Não sabia bem; para chegar fosse como fosse" (BARRETO, 1961a, p.125). É para isso que Isaías testemunha, para isso Lima Barreto testemunha: para abrir vias de passagem para tal decisão. O fato de ser um testemunho ficcional faz transparecer a ficcionalidade da própria realidade do colonialismo e do capitalismo, enquanto história construída e manipulada, e, ao mesmo tempo, permite que se fuja, ativamente, da pessoalidade (ainda pião de jogo), e que por meio da ficção, por meio da criação artística, façam-se pulular vias inéditas de existência.

Margens e bloqueios

A pátria é uma ideia religiosa e de religião que morreu, desde muito.
(BARRETO, 2004, p.125)

A pátria me repugna...
(BARRETO, 1956a, p.281)

Há, certamente, uma dupla leitura de *Triste Fim de Policarpo Quaresma* (BARRETO, 1997b). E há no livro, sem dúvidas, uma crítica à noção de pátria e a seu distanciamento em relação aos fatos concretos da vida e, especificamente, da vida brasileira (SANTIAGO, 1982). Mas há algo que parece mais importante: algo que conecta *Triste Fim* ao primeiro romance publicado de Lima Barreto, *Recordações do escrivão Isaías Caminha.* Parece adequado dizer que, enquanto a ascensão social é o problema central do *Recordações*, em *Triste fim*, ela aparece, apenas, em segundo plano (OLIVEIRA, 2015). Contudo, o que conecta os dois romances é menos o tratamento da ascensão em primeiro e segundo plano do que o efeito compartilhado entre ela – principalmente quando se refere a pessoas negras, como é o caso de Isaías – e o nacionalismo[14]. Trata-se do sufocamento, da asfixia. Que se lembre das palavras de Lima Barreto, na *Breve Notícia*, acerca de Isaías: "deixou de ser escrivão. Enviuvou sem filhos, enriqueceu e será deputado". Que se repita: "Deus escreve direito por linhas tortas, dizem. Será mesmo isso ou será de lamentar que a felicidade vulgar tenha afogado, asfixiado um espírito tão singular? Quem sabe lá?" (BARRETO, 1961a,

[14] Aqui, seguindo o texto de Lima Barreto, não se fará a distinção entre os termos *nação* e *pátria*; *nacionalismo* e *patriotismo*. Eles serão encarados como equivalentes.

p.43). O que se vê em *Triste fim* é que a ideia de nação não é uma abstração qualquer, ela é do tipo mais mortífero, pois sufoca, retira o ar, remove a vida da concretude. E, nesse sentido, há uma dupla leitura, pois há dois campos sobre os quais se dá tal atividade de sufocamento. Um central, que é o protagonista do livro, o major Policarpo Quaresma – e um dos efeitos desse sufocamento é o distanciamento, ou o bloqueio, de Policarpo em relação a um grupo de personagens e a algo como um conjunto de "aspectos de realidade" que juntos, personagens e "aspectos", constituem uma margem. Tal campo marginal é o segundo campo que permite outra linha de leitura. Mas pressente-se algo mais. Há, ainda, uma terceira leitura, uma que permite seguir, ao mesmo tempo, o caminho de Policarpo em paralelo a outros dois: o de Ismênia e o de Olga. Que se caminhe com calma.

Lançado primeiro em folhetins, em 1911, depois em livro, no ano de 1915, *Triste fim de Policarpo Quaresma* traz o percurso de decepções do protagonista até seu fim. Desde a tentativa de mudar a língua oficial brasileira, do português para o tupi-guarani[15] – tentativa que faz com que seja levado ao hospício; passando pelo seu projeto de reforma no campo, cujo impulso é a fé em uma fertilidade inigualável do solo brasileiro (fé fruto de sua mania: o nacionalismo) – aí duas forças o expelem, a das formigas e a da política local, tornando seu empenho inútil; até a proposição de mudanças político-administrativas que o leva a envolver-se nas batalhas associadas à Revolta da Armada – cuja emersão se dá no início da década de 1890 – seu fim é a prisão, primeiro como carcereiro, depois como prisioneiro marcado para morrer.

Que se vá ao início do percurso e que se conheça Policarpo Quaresma: podia-se prever sua movimentação como a de um "fenômeno matematicamente determinado, previsto e predito" (BARRETO, 1997b, p.17). "A vizinhança já lhe conhecia os hábitos e

[15] Cabe lembrar que o tupi-guarani é uma família linguística. O vocabulário do livro será seguido, até porque também aponta para um certo bloqueio de Policarpo em relação à diversidade soterrada sobre a ideia de uma nação.

tanto que, na casa do Capitão Cláudio, onde era costume jantar-se aí pelas quatro e meia, logo que o viam passar, a dona gritava à criada: 'Alice, olha que são horas; o Major Quaresma já passou'" (p.17). "Os seus hábitos burocráticos faziam-no almoçar cedo; e, embora estivesse de férias, para os não perder, continuava a tomar a primeira refeição de garfo às nove e meia da manhã" (p.27). Fala-se muito de Policarpo como um Dom Quixote. O próprio Lima Barreto (1956c) enfatiza que os "críticos generosos só se lembravam diante dele do Dom Quixote" (p.181). Mas parece ser cabível – ou, no mínimo, parece ser também possível – falar em um Immanuel Kant.

Que se apresente, então, Kant: levou uma vida "mecanicamente ordenada" (HEINE, 2007, p.79); nem mesmo o relógio da catedral era tão regular em seu trabalho quanto Kant. "Levantar-se, tomar café, escrever, dar aulas, comer, andar: tudo tinha seu tempo definido, e os vizinhos sabiam que eram exatamente três e meia quando Immanuel Kant [...] aparecia em sua porta" (HEINE, 2007, p.79). Tão "intensa tinha sido a uniformidade de sua vida e de seus hábitos, que a mínima inovação no arranjo de objetos tão insignificantes quanto um canivete ou uma tesoura era suficiente para perturbá-lo" (DE QUINCEY, 2011, p.43). E Lima Barreto (2004a, p.343) refere-se ao assombro causado a toda cidade de Königsberg quando Kant muda o itinerário de sua caminhada, mudança provocada pelo conhecimento da tomada da Bastilha, em Paris[16]. Além disso, e sobretudo, é possível perceber, em *Triste fim*, certos elementos da filosofia kantiana: a nação é um juízo *a priori*, tido como necessário e universal, independente da experiência; todo o trajeto de Policarpo é guiado por um imperativo categórico, uma lei moral a ser seguida independentemente de suas consequências – quem segue tal lei está pronto a morrer por ela. Adelaide, irmã de Policarpo,

[16] Cabe ainda notar que no prefácio da primeira edição de um livro sobre história da religião e da filosofia na Alemanha (HEINE, 2007) na qual a descrição do hábito de Kant aparece, informa-se que aquelas páginas foram escritas, originalmente, para o periódico francês *Revue des Deux Mondes* que, como se sabe, era lido por Lima Barreto.

chama, corretamente, tal imperativo de *mania*. E, assim como se diz sobre a filosofia kantiana, tal "secura abstrata"[17] possui graves consequências.

Já na epígrafe do livro, se lê que o maior inconveniente da vida real, inconveniente que a torna insuportável para um grande homem, ou homem superior, é que quando esse busca transportar para ela os princípios do ideal, suas qualidades transformam-se em defeitos, de um modo que tal homem íntegro se sai menos bem que aquele que é movido pelo egoísmo, ou pela rotina vulgar[18]. Essas palavras são comumente usadas, de modo explícito ou não, como justificativa ao tratamento dado a Policarpo (mesmo uma certa correlação entre o protagonista e Lima Barreto). Seria um homem superior, guiado por princípios derivados de um ideal e, por isso mesmo, mal compreendido. Esse homem íntegro, na batalha contra seu próprio tempo, é derrotado. Mas cabe atenção ao enunciado. É pertinente cotejá-lo com o próprio projeto político-literário de Lima Barreto[19]: será que o grande inconveniente da vida real, segundo Lima Barreto, seria a impossibilidade de ela ser formatada de acordo com certos princípios e ideais? Ou será que se trata de aprender como a idealidade, a abstração, pode ganhar concretude, e utilidade, no contato com as existências, e essas podem se enriquecer, ganhar virtualidade, quando passam a forjar ideais? Não parece descabido dizer que é esse o caso.

[17] No material consultado, em inglês, fala-se em *abstract dryness* (HEINE, 2007, p.88).

[18] A epígrafe é um trecho do *Marc Aurèle* de Renan: *Le grand inconvénient de la vie réele et ce que la rend insupportable à l'homme supérieur, c'est que, si l'on y transporte les principes de l'ideal, les qualités deviennent des défaults, si bien que fort souvent l'homme accompli y réussit moins biens que celui a pour mobiles l'egoisme ou la routine vulgaire.*

[19] Nesse sentido, parece também pertinente a leitura da crônica intitulada *Meia página de Renan* (BARRETO, 2004a), publicada originalmente no ano de 1919, posteriormente a publicação de *Triste fim* em folhetins (no ano de 1911) e em livro (no ano de 1915), mas que pode reforçar uma proposta de interpretação da epígrafe. Trata-se de um comentário sobre a publicação da tradução de um trecho da obra *La réforme intellectuelle et morale* de Renan. Além de criticar "generalizações apressadas" (BARRETO, 2004a, p.535) de Renan acerca de pessoas negras e chinesas, Lima Barreto diz que esse e outros erros cometidos na obra são derivados da "paixão patriótica" que, "como todas as paixões, cega", e o faz "mais do que nenhuma outra", sendo, ainda, "sáfara e estéril" e, complementa, ela "nos faz julgar mal os semelhantes" (p.536).

"Policarpo Quaresma. Ideia que mata. A decepção. O prêmio" (Barreto, 1956c, p.145). Tal é o resumo da obra feito no *Diário Íntimo*. A ideia que mata, mas o faz aos poucos. A decepção rompe quando, graças às últimas forças vitais, percebe-se que se morre. Mas ainda há tempo. Policarpo pode ver, assim como passa a ver a cidade – a Saúde, a Gamboa, a Ilha do Governador – quando a "cerração se ia dissipando inteiramente" (Barreto, 1997b, p.136): a "Pátria que quisera ter era um mito" (p.166). Vê que o que lhe movia, na verdade reduzia sua visão, fazia-o girar em círculos. Faz-se ver as questões que passam a habitá-lo: como "é que não viu nitidamente a realidade, não a pressentiu logo e se deixou enganar por um falaz ídolo, absorver-se nele, dar-lhe em holocausto toda a sua existência?" (p.167).

Há algo mais. Há um questionamento importante, que apontará para o prêmio: "quem sabe se outros que lhe seguissem as pegadas seriam mais felizes? E logo respondeu a si mesmo: mas como? Se não fizera comunicar, se nada dissera e não prendera o seu sonho, dando-lhe corpo e substância?" (Barreto, 1997b, p.167). Se Policarpo aprende, se ele passa a ver, se chega à conclusão de que a noção de Pátria "fora explorada pelos conquistadores por instantes sabedores das nossas subserviências psicológicas, no intuito de servir às suas próprias ambições..." (p.167)[20], seu aprendizado se dá graças a seu trajeto pavimentado por decepções. Vê-se, aqui, em funcionamento no protagonista, a espiral própria à literatura de Lima Barreto: entre sentimentos e ideias. O autor sabe que uma

[20] Há um ponto a ser ressaltado: em uma carta de 1916, Lima Barreto (1956a) afirma que a pátria lhe repugna, pois trata-se de um meio para "saquear, oprimir, tirar couro e cabelo" (p.281), mas faz uma ressalva, ele não estaria em situação de debater com os patriotas brasileiros tendo em vista "a estúpida regressão alemã para os ideais mortos de domínio universal e a falsidade americana com o seu desejo de açambarcamento brutal da América" (p.281). Parece adequado afirmar que Lima Barreto aponta para certo funcionamento momentaneamente legítimo do patriotismo enquanto modo de defesa e proteção em relação ao poder de países com ímpetos imperialistas. Que se enfatize: apenas momentaneamente legítimo. *Triste fim*, assim como outros de seus escritos, mostram a generalidade do funcionamento da pátria e do patriotismo, "saquear, oprimir, tirar couro e cabelo" não só de outros povos, mas, principalmente, daquelas pessoas circunscritas pelas fronteiras do país.

linguagem direta não é capaz de comunicar algo como a experiência de existir (HADOT, 2006). Sabe que perante a existência toda a linguagem é banal; mas, ao mesmo tempo, sabe que por meio dessa banalidade que se pode concretizar a tarefa mais profunda: traçar linhas que conectem, sem homogeneizar, as existências mais distantes e diversas. Por isso há toda uma linguagem sentimental em Lima Barreto. Trata-se de, pelo mais banal, pelo mais comum – os sentimentos – retorcer a língua, dar consistência as linhas de conexão, fazer com que se aprenda indiretamente: quanto mais conexões "mais nos amaremos mutuamente, ganhando com isso a nossa inteligência, não só a coletiva como a individual" (BARRETO, 2017, p.279). Sentimentos e ideias; amar e aprender, pois uma "pura ideia só como ideia tem fraco poder sobre nossa conduta, assim expressa sob a forma seca que os antigos chamavam de argumentos", "é preciso que esse argumento se transforme em sentimento" (p.274), a literatura "mais que nenhuma outra arte", possui "essa capacidade de sugerir em nós o sentimento que agitou o autor ou que ele simplesmente descreve" (p.275). Tal é o ciclo, ou espiral, que só é completo se a atenção se voltar para a afilhada de Policarpo, Olga. Pois, quem lê trilha um caminho duplo: o de decepções e aprendizado de Policarpo; o de aprendizado e transformação de Olga. Não é por acaso que o último capítulo do livro é intitulado *A afilhada*. Eis o prêmio: Olga desperta, e o faz graças ao aprendizado obtido junto ao trajeto, à existência, de Policarpo. Mas o protagonista não pode ver tal despertar. Por isso a resposta a seu questionamento – "quem sabe se outros que lhe seguissem as pegadas seriam mais felizes? E logo respondeu a si mesmo: mas como? Se não fizera comunicar, se nada dissera e não prendera o seu sonho, dando-lhe corpo e substância?" (BARRETO, 1997b, p.167) – é uma interrogação incrédula, tendendo à negativa. Policarpo aprende qual foi seu erro, mas não vê o fruto de sua existência. Talvez seja o caso de fazer uma proposta. Que se some à epígrafe escolhida pelo próprio autor uma segunda, que possa acompanhar a trajetória do protagonista: "Quanto maior é um homem, tanto mais está sujeito à influência dos demônios, e tem de tomar sempre atenção para que a vontade que o conduz não tome por caminhos desviados" (GOETHE; ECKERMANN, 1990, p.207).

Demonstrou-se (SANTIAGO, 1982) que o nome de *Policarpo Quaresma* guarda grande complexidade. *Policarpo* seria o que tem ou produz muitos frutos: "é preciso não esquecer que o major, depois de trinta anos de meditação patriótica, de estudos e reflexões, chegava agora ao período a frutificação" (BARRETO, 1997b, p.27). Seu "triste fim" se dá pois, apesar dos "impulsos imperiosos de agir, de obrar e de concretizar suas ideias" (p.27), não produzira nenhum fruto. Daí *carpir* ao final do livro, pois seu sacrifício, seu "holocausto" em vida, pela Pátria, foi em vão. Recorda-se, ainda, que *Quaresma* são os quarenta dias, posteriores ao sacrifício de Cristo, em jejum; como também o nome de um coqueiro típico do Brasil, um símbolo da pátria. O nome *Policarpo Quaresma* seria já signo da futura derrota. No entanto, há uma abertura: "faltou", nessa demonstração, "a consideração de que o fim da quaresma é o início da páscoa e que com ela há a possibilidade de ressurreição, ou seja, de fato há a morte, mas Policarpo deixa pequenos frutos, ou o 'prêmio'" (PACHECO, 2007, p.147): o despertar de Olga. É Ricardo Coração dos Outros, trovador amigo do major, que, ao admirar a *superioridade* de Olga, torna nítido o ponto no qual culmina o processo de aprendizado e transformação: "pensou com admiração naquela moça que por simples amizade se dava a tão arriscado sacrifício [tentar impedir a execução de seu padrinho], que tinha a alma tão ao alcance dela mesma e a sentiu bem longe desse nosso mundo, deste nosso egoísmo, dessa nossa baixeza e cobriu a sua imagem com um grande olhar de reconhecimento" (BARRETO, 1997b, p.171).

Se há um princípio de sacrifício que valha ser seguido, é o que parece dizer Lima Barreto, não é aquele por um ideal vazio, mas sim aquele pela existência, pelo ideal das existências. Como mostra Olga ao responder à manifestação de seu marido, Armando, contrária a tentativa, por ela pretendida, de salvar seu padrinho:

"Fazes mal", ele diz. "Por quê? Perguntou ela com calor". "Vais comprometer-me. Sabes que...". Ele não finaliza a frase, mas não porque Olga o interrompe. Ela ouve suas palavras olha-o por certo tempo. Rindo, desfere: "É isso! *Eu*, porque *eu*, porque *eu*, é só eu para aqui, *eu* para ali... Não pensas noutra coisa... A vida é feita para ti, todos só devem viver para ti..." (BARRETO, 1997b, p.172). E é pertinente lembrar: é Armando que faz uso do processo de escrita do clássico. Que se repita a descrição do modo pelo qual ele "obtinha o seu estilo clássico": "escrevia de modo comum, com as palavras e o jeito de hoje, em seguida invertia as orações, picava o período com vírgulas" e, não sendo o bastante, "substituía incomodar por molestar, ao redor por derredor, isto por esto, quão grande ou tão grande por quamanho, sarapintava tudo de ao invés, empós [...]" (p.131). Armando é um dos pontos de acúmulo no romance no qual se pode ver a relação entre política e literatura: a expansão de um ideal vazio, o *eu*, *a pessoalidade*, sobre todo o *socius*, sobre todo o campo material e imaterial das conexões e das possibilidades de conexão entre as existências: eu, porque eu, porque eu...

Mas logo se vê que os ideais vazios se revezam, e nesse revezamento mostram uma de suas funcionalidades, o julgamento. Julga-se o país desde a *pessoalidade* – "este país não vale mais nada. Imaginem que o meu requerimento, pedindo honras de tenente-coronel, está no ministério há seis meses" (BARRETO, 1997b, p.44); julgam-se as pessoas desde a pátria – "o senhor não é patriota" (p.99); as atitudes desde sua correspondência com os títulos – como diz "um clínico afamado no lugar, que não podia admitir que Quaresma tivesse livros: 'se não era formado, para quê? Pedantismo!'". Julga-se tudo, julgam-se todos, de todos os lados, desde o vazio.

Deve-se, aqui, usar o vocabulário do romance. Um ideal vazio nada mais é do que uma *mania.* E muitas manias atravessam o livro. Adelaide não parou de tentar mostrar a seu irmão, Policarpo, que ele, na verdade, era movido por manias: "Bem, Policarpo, eu não quero contrariar você; continue lá com suas manias" (BARRETO, 1997b, p.19); "é uma mania do seu amigo, Sr. Ricardo, está de só querer coisas nacionais" (p.24). Deve-se ouvir Adelaide. Vê-se que além da mania patriótica de Policarpo, há a mania da escrita clássica de Armando; a mania histórica do general Albernaz, que repetia incessantemente a narração sobre a guerra da qual não participou; a mania do casamento, que destrói Ismênia; a mania do violão de Ricardo, cujo aborrecimento não é pouco ao se deparar com um trovador negro fazendo modinha de um jeito diferente, "dizendo algo", teorizando; a mania dos títulos e a da pessoalidade, espalhadas entre muitas personagens, não só desse romance, mas de toda a obra de Lima Barreto.

Tais manias possuem consequências. Uma dentre elas é, exatamente, o bloqueio. E um específico, aquele que impede que se conecte à alteridade (mesmo aquela que habita quem diz *eu*). Não é à toa que, em duas situações de morte no romance, Lima Barreto fala que certas personagens *afivelam* um sentimento ao rosto (cf. BARRETO, 1997b, p.153; p.161). Pode-se dizer, usando um vocabulário sentimental, que se bloqueia a empatia (ou se generaliza a indiferença). Há um caso exemplar. Que se vá ao livro. Ricardo visita a casa de general Albernaz. Sua voz e seu violão fazem com que o general e sua família ganhem mais gosto pelas cantigas e festas populares: emerge "em todos um desejo de sentir, de sonhar, de poetar à maneira popular dos velhos tempos" (p.28). Albernaz, em especial, lembra "de ter visto tais cerimônias na sua infância" (p.28). Logo se pensa na organização de uma festa dentro desses moldes. O major se anima com a significação patriótica de tal empreendimento. Mas uma questão se sobressai: "quem havia de ensaiar, de dar os versos e a música?". Rapidamente uma resposta aparece: alguém lembra de "tia Maria Rita, uma preta velha, que morava em Benfica, antiga lavadeira da família de Albernaz" (p.28).

Policarpo e Albernaz seguem em direção à casa da mulher. Durante o trajeto, como que compartilhando das críticas do major à falta de apreço pelas tradições nacionais, o narrador diz que as construções vistas não guardavam a história, como das carruagens reais que por ali passavam: não "havia ali nada que lembrasse esse passado" (BARRETO, 1997b, p.29). Mas as coisas mudam quando se chega à casa de Maria Rita. Pode-se ver, de um lado, restos de cozinha, pedaços de tecido, conchas de mariscos, pedaços de louça artesanal: "um sambaqui a fazer-se para gáudio de um arqueólogo de futuro remoto" (p.29). Ou seja, se a história imperial se esvai, há outra que se conecta, ao mesmo tempo, com o passado e futuros mais remotos. Uma história de existências que perduram, que marcam o relevo terrestre, mesmo com os soluços de uma história vista como aquela de "grandeza", mas verdadeiramente de uma "lamentável majestade" (p.29). De outro lado, o que se vê são um mamoeiro e um pé de arruda. Conhece-se as funcionalidades da arruda: usada como proteção contra o mau-olhado e para a avaliação do ambiente (caso ele esteja *carregado*, habitado por forças ruins, a planta morre). Por sua vez, o mamão é fruto que dá em abundância e durante o ano inteiro (que se lembre que *policarpo* é o que dá muitos frutos), sendo que tanto o fruto quanto a folha da árvore são utilizados em certos trabalhos nas religiões de matriz africana (VERGER, 1995). E talvez seja o caso de arriscar uma interpretação: um trabalho no qual o fruto e as folhas de mamoeiro são usadas tem o objetivo de "tomar alguma coisa de alguém" (VERGER, 1995, p.411), ou, parece ser possível dizer, tomar *de volta* alguma coisa de alguém. Se Albernaz vai atrás das *lembranças* de Maria Rita, cabe lembrar que, no pós-abolição, havia um receio, quase que permanente, de que se voltasse a tomar a liberdade das pessoas negras. Assim, a arruda e o mamoeiro são, ambos, proteções. Mas para Policarpo e Albernaz nada disso importa. Há mesmo certa cegueira. Nada disso veem, como não veem a parede na qual se *sincretizam* figuras de santos e recortes de jornais. O interesse dos dois homens é outro.

A mulher aparece após ser chamada por sua neta. Ela diz não reconhecer o general. Ele a relembra, contando-lhe o motivo da visita. Maria Rita, primeiro, parece mostrar que não seria capaz de ensinar algo ao homem: "quem sou eu, ioiô!" (BARRETO, 1997b, p.30). Ele insiste. "*Quá ioiô, já mi esqueceu*" (p.30). O homem mantém o pedido. "Coisa *véia*, do tempo do cativeiro – pra que *sô coroné qué sabê* isso?". "É para uma festa...", ele responde e persiste, "qual é a que você sabe?". Parece não haver o que o impeça de recolocar sua vontade até que seja satisfeita. A neta intervém: "Vovó já não se lembra". Mas o general "não atendeu a observação da moça e insistiu" (p.30). Parece haver algo que, efetivamente, cria um bloqueio, uma indiferença, não é possível atender (ouvir, prestar atenção, levar em consideração, respeitar). Parece que nada é compreendido fora do campo de vontade do general. O eloquente, e falador, Policarpo se mantém calado, restringindo-se a concordar com Albernaz por meio de um gesto afirmativo com a cabeça. Por uma última vez, Maria Rita afirma que já se esqueceu dessas canções que, cabe dizer, para Albernaz eram músicas de festa, para ela, eram do cativeiro.

Mas há uma tentativa de agradar o desejo do visitante: "a preta velha, talvez com grandes saudades do tempo em que era escrava e ama de alguma grande casa, farta e rica, ergueu a cabeça, como para melhor recordar-se, e entoou" uma canção (p.31). Ao que ele responde com enfado: não lhe serve, trata-se de uma canção de ninar. Tal tentativa, por parte de Maria Rita, parece significativa. Ao se mostrar "nostálgica" em relação aos tempos de escravidão e cantar algo utilizado para embalar o sono das crianças da *Casa grande* como modo de buscar satisfazer seu visitante *coroné*, Maria Rita faz uma leitura precisa do modo pelo qual o *mundo dos brancos* recorda-se, e quer recordar, dos tempos da escravidão. Conceição Evaristo (2009), nesse sentido, dará inteligibilidade a um dos pilares da literatura afro-brasileira: "a nossa *escrevivência* não pode ser lida como história para ninar os da *Casa grande*, e sim, para acordá-los de seus sonos injustos". E há algo mais que a leitura de Maria Rita permite ver. Albernaz fica ainda insatisfeito. Não basta a tranquilidade do sono, mantida graças à manipulação, portanto negação, da história. Ele quer também usar, se apropriar, tomar os cantos para si. Não se trata de aprender, pois muito ele e Policarpo podiam aprender caso "atendessem" ao que Maria Rita e sua neta diziam. É como se tratasse de uma cessão, ou melhor, de uma expropriação: ele, agora como portador, passaria a poder levar às festas tais canções.

Os dois homens saem tristes da casa. Mais especificamente, Albernaz "contrariado", "Quaresma vinha desanimado. Como é que o povo não guardava as tradições de trinta anos passados? Com que rapidez morriam assim na sua lembrança os seus folgares e as suas canções? Era bem um sinal de fraqueza, uma demonstração de inferioridade diante daqueles povos tenazes que os guardam durante séculos! Tornava-se preciso reagir, desenvolver o culto das tradições, mantê-las vivas nas memórias e nos costumes..." (BARRETO, 1997b, p.31). Eles são incapazes de compreender. O bloqueio é, realmente, eficaz. O patriotismo do protagonista o impede de ver, sobretudo, a *atividade* de Maria Rita, ela esquece para poder viver. Policarpo faz, portanto, um diagnóstico errado. Não há fraqueza no esquecimento da *preta velha*, pois sabe-se que esquecer "não é uma simples *vis inertiae* [força inercial], como creem os superficiais, mas uma força inibidora ativa, positiva no mais rigoroso sentido"; "eis a utilidade do esquecimento", "um zelador da ordem psíquica, da paz, da etiqueta" (NIETZSCHE, 1998, p.47). Não há fraqueza, não há reação, Maria Rita age. Mesmo quando decide cantar, trata-se de dizer, educadamente, não: não será ela que dará aquilo que Albernaz procura.

Há aqui uma reverberação, ouve-se outra voz (cantando?): pois algo que parece perpassar a obra de Carolina Maria de Jesus é, justamente, esse bloqueio à empatia como elemento daquilo que se chama, aqui, de *ethos branco*. Vê-se bem em seu romance, *Pedaços da Fome* (JESUS, 1963), no qual a protagonista, uma mulher branca filha de coronel, precisa perder tudo, viver na rua, para, aí sim, enxergar, e minimamente compreender, o que se passa com as pessoas negras e com aquelas empobrecidas. Há, nesse sentido, uma conexão com seus diários no qual o que se mostra é, efetivamente, a existência de dois mundos – o da *sala de estar* e o do *quarto de despejo*, sendo esse último um produto do primeiro, como mostra a autora ao falar do processo de remoção das famílias de suas habitações que acaba por gerar e expandir as favelas (por isso não falar, simplesmente, de pobres, mas de empobrecidos. Trata-se de um trabalho de empobrecimento material das pessoas, majoritariamente, das pessoas negras). Independentemente do quão próximos fisicamente tais mundos podem estar, há uma distância emocional constitutiva da *sala de estar*, distanciamento pavimentado por um trabalho incessante que permite que se dê forma a algo tão cambiante, já que pautado pela distância, quanto tal mundo. Pode-se dizer que vida e obra de Carolina dão-se entre os dois mundos. Ela cria a partir desse *entre*. E, nesse sentido, sua vida e sua obra acabam por criar, por um lado, aberturas entre os dois mundos, e, por outro, através dessas brechas, avaliações desses mundos, avaliações ofertadas pela autora em seus livros, avaliações cujo critério é a vida.

A voz de Carolina faz com que se perceba algo mais. Não se trata, simplesmente, de bloqueio, de impedir a passagem de algo. Albernaz quer apreender as músicas *populares*, Ricardo busca a fama junto ao seu violão, Policarpo estuda a língua tupi-guarani. Mas todos são incapazes de uma conexão que possa, efetivamente, balançar seu mundo. O encontro com Maria Rita, a aparição de um trovador negro, todo o trajeto do protagonista – são eventos que mostram que, diferente de um mero bloqueio, trata-se de filtro, ou de uma absorção, que tende, mesmo, à desvitalização de quem é consumido, mas também de quem consome. E talvez seja este o melhor modo de interpretar a passagem da dissertação *Como se deve escrever a história do Brasil*: o "sangue português, em um poderoso rio deverá absorver pequenos confluentes das raças índia e etiópica" (VON MARTIUS, 1956, p.433). Publicação citada no *Diário Íntimo* de Lima Barreto, localizada no topo da página cuja terceira entrada é, exatamente, a frase: "O triste fim de Policarpo Quaresma" (BARRETO, 1956c, p.147). Tal proximidade entre a referência à dissertação e o título do livro pode não dizer muita coisa. Entretanto, pode-se aventar que há uma similaridade procedimental entre o modo de leitura e escrita da história do Brasil como proposto por Von Martius e o que se apresenta em *Triste fim*. Seu protagonista – tendo em sua biblioteca "o Martius" (BARRETO, 1997b, p.19) – parte, inicialmente, em busca de uma transformação linguística: que se estabeleça o tupi-guarani como língua geral. Depois, passa à agricultura: que se comprove a suma fertilidade do solo brasileiro. Por último, a administração: que uma certa política e sua burocracia abram as portas para o Brasil mostrar sua verdadeira grandeza. Sabe-se bem dos tristes fins de cada empreitada. O que merece destaque, aqui, é o que fica às margens, os pequenos confluentes a alimentar uma, suposta, corrente principal.

Policarpo estuda a língua tupi-guarani, busca estabelecê-la como língua geral, e basta, para por aí. Mas ele chega perto, quase percebe algo: "Os caboclos", "gente valente que se bateu e ainda se bate pela posse desta linda terra" (BARRETO, 1997b, p.37). Mas há efetivamente um bloqueio, e um filtro: daí absorve apenas uma língua – dentre as centenas de línguas, de muitas famílias linguísticas – que seria a "genuinamente nacional". Apesar do breve lampejo acerca dos "caboclos", algo como uma breve fissura no bloqueio, logo se esquece das pessoas falantes – aquelas que se bateram e ainda se batem por suas terras – para se batalhar pela vida do tupi-guarani, a língua, apenas.

As duas outras margens são mais problemáticas no livro, elas se mantêm ao lado, durante todo o tempo. Parece não haver um elemento específico que se busca absorver. Mas os bloqueios parecem ser mais fortes, dado a proximidade. Que se vá com calma, então. Que se fale de Anastácio: "preto" "que lhe servia [Policarpo] há trinta anos" (BARRETO, 1997b, p.27); "sempre vigoroso e trabalhador na sua forte velhice africana" (p.154); portador de um "terno e vazio olhar de africano" (p.94); "antigo escravo" (p.101). Algumas coisas sobre esse personagem se destacam. Apesar de servir a Policarpo, de se dizer que é "seu empregado" (p.73), diz-se, também, que Anastácio não é "bem um empregado, mas agregado" (p.91). Além disso, sabe-se que os eventos do romance culminam na Revolta da Armada, que começa a ebulir no início da década de 1890. Portanto, se Anastácio, o velho africano, serve a Policarpo há trinta anos, o faz desde antes de maio de 1888. Não se sabe se era uma pessoa escravizada pela família do protagonista e, que após a abolição, sem opções de vida, mantém-se sob seu teto e suas ordens; ou se era um africano, chegado após a proibição do tráfico, escravizado, mas depois encaminhado para trabalho compulsório junto a Policarpo como requisito para o que seria uma emancipação definitiva (MAMIGONIAN, 2017); ou se tendo conseguido a alforria passa a ser agregado da família, garantindo, assim, comida e teto. Ou seja, não se sabe muito acerca de Anastácio. Sabe-se, apenas, que fica ao lado de Policarpo e que o serve. Que com ele tem conversas filosóficas. Que trabalha em seu sítio, sob o domínio das formigas, já com sinais de que o major não voltará. A "mania" de Anastácio, seu "vício", sua "teimosia de caduco", seria cultivar (BARRETO, 1997b, p.154). Tem-se, aí, mais um ideal vazio?

Pode-se aventar a hipótese que há uma mania, sim, mas não a de cultivo, mas a da gratidão, da prestatividade. E sabe-se dos perigos de ser prestativo demais, (algo que pode ser aprendido, por exemplo, em *Hamlet*). Em relação ao caso de Anastácio, é Maria Firmina dos Reis (2017) que faz ver, em *Úrsula*, de maneira mais nítida, tais perigos. Ela o faz com Túlio, um negro escravizado que, logo após socorrer um jovem branco, parece já ser tomado completamente por essa mania de gratidão, de prestatividade, pois "era o primeiro branco que tão doces palavras lhe havia dirigido [...]. Pobre Túlio'" (REIS, 2017, p.36). Logo gratidão e prestatividade ganham ar de dívida eterna – Túlio se vê "livre" graças ao jovem. Dívida que o leva a morte, mas não sem antes ser alertado, por meio de um mal-entendido, por mãe Susana. Ela, ao saber, que Túlio acompanharia o jovem branco, questiona: "quem te obrigaria a deixar-nos?" (p.100). "A gratidão", ele responde. Antes de saber que Túlio era "livre", mãe Susana o diz "que adianta trocares um cativeiro por outro!" (p.101). Mãe Suzana comemora a "liberdade" de Túlio. Mas seu enunciado não deve ser esquecido. Túlio morre na tentativa de salvar seu "benfeitor" (p.165). Será que o caso de Anastácio seria semelhante ao de Túlio? Será que Policarpo faria papel de "benfeitor", dado essa bifurcação entre uma catividade imposta brutal e uma "voluntária" cordial? A hipótese é fortalecida pela figura de outro "preto velho" na obra de Lima Barreto, em *Vida e morte de M.J. Gonzaga de Sá*. No livro se conhece "o velho preto Inácio" (BARRETO, 1961b, p.87), que servia a Gonzaga. Este o apresenta: "nasceu escravo, uns dias antes de mim; meu pai o libertou na pia, por isso. A mim me acompanha desde os primeiros dias do nascimento. É um irmão de leite" (p.87). E, em conversa com seu amigo e biógrafo, Augusto Machado, Gonzaga faz mais uma consideração acerca de Inácio (é aqui que a hipótese mais se fortalece): "Não imaginas, menino, que tesouro de dedicação há nesse homem" (p.87).

Mas trata-se, ainda, de uma hipótese. Pois mesmo com todos os diálogos, todas as conversas filosóficas entre o "preto velho" (BARRETO, 1997b, p.72) e Policarpo, há um bloqueio, não se sabe muito sobre Anastácio: é africano, mas de onde? O que fazia? E sua família? E há toda a imprecisão marcada pelo termo "agregado", no qual parece se querer mostrar certa caridade de quem "acolhe", mantendo-se sob penumbra o fato de que a pessoa "acolhida", apesar de todo o possível afeto, é, sobretudo, um empregado. Mas Anastácio é sábio, para afastar qualquer dúvida ele se dirige a Policarpo usando os termos *sinhô* e patrão.

Outros elementos acerca da relação de Anastácio com Policarpo se destacam. No sítio *Sossego*, tenta, "apelando para as suas recordações de antigo escravo de fazenda" (BARRETO, 1997b, p.72), ensinar ao major como lidar com a terra, como ler seus sinais e os do clima:

"Sabes o que estou fazendo, Anastácio?", pergunta Policarpo com um pluviômetro em sua mão; "Não *sinhô*"; "Estou vendo se choveu muito"; "Para que isso, patrão? A gente sabe logo *de olho* quando chove muito ou pouco... Isto de plantar é capinar, pôr a semente na terra, deixar crescer e apanhar..." (p.73). Policarpo não aprende. Por mais que Anastácio tente, Policarpo não aprende como tratar a terra, como lidar com o mato, mas também, como já se viu, não aprende nem acerca de Anastácio nem sobre o papel da escravidão na formação disso que o major diz saber e amar, o Brasil. Há breves fendas: Policarpo vê "com tristeza aquelas velhas árvores amputadas, mutiladas, com folhas aqui e sem folhas ali... Pareciam sofrer e ele se lembrou das mãos que as tinham plantado há vinte ou trinta anos, escravos, talvez, banzeiros e desesperançados!..." (p.104); "a situação geral que o cercava, aquela miséria na população campestre que nunca suspeitara, aquele abandono da terra à improdutividade, encaminhavam sua alma de patriota meditativo a preocupações angustiosas" (p.102). No entanto, interrompe-se o pensamento, nem se chega perto de mudar a trajetória marcada por sua mania: "não tardou que os botões rebentassem e tudo reverdecesse"; "Lá se foi" (p.102).

Durante essas reflexões marcadas por preocupações angustiosas, Policarpo se pergunta o motivo daquele povo na miséria não se unir, questiona o fato de o governo importar "braços" para o trabalho, "sem se preocupar com os que já existiam" (BARRETO, 1997b, p.102), ou seja, indaga-se acerca da política governamental de promoção à imigração europeia. Reflete, medita, busca respostas em sua mente. E vê-se, de novo, a superioridade de Olga – em algumas frases trocadas com Felizardo, empregado do major no sítio, ela tem todas as respostas que Policarpo buscava: "Terra não é nossa... E *frumiga?...* Nós não tem ferramenta... isso é bom para italiano ou *alamão*, que governo dá tudo... governo não gosta de nós..." (p.98). O mesmo Felizardo – "um tagarela incansável" (p.91) – informa, ou alerta, de seu modo, o patrão acerca da política local. O major até faz algumas perguntas, mas parece não entender o fundamental. Ao perguntar de que lado Felizardo estaria na disputa política local, tem como resposta: "Eu! Sei lá... Urubu pelado não se mete no meio dos coroados. Isso é bom pro *sinhô*"; "Eu sou como você, Felizardo", replica Policarpo; "Quem me dera, meu *sinhô*. Inda *trasantonte* ouvi *dizê* que o patrão é amigo do *marechá*". O major afirma que não é amigo de Marechal Floriano, apenas conheceu-o, algo que, efetivamente, não muda nada para Felizardo, nem para a política local. Logo Policarpo é convidado para tomar um lado na disputa. Ao rejeitar o convite, o protagonista começa a aprender o que Felizardo já havia, diretamente, ensinado a Olga, e Anastácio, por meio de sua existência, ensinava indiretamente – "a política é a guerra continuada por outros meios" (FOUCAULT, 2010, p.15). E se há uma guerra contra aquelas pessoas como Felizardo e Anastácio, apenas por existirem, Policarpo é nela incluído, não enquanto inimigo, mas rival: "acreditavam todos que o major viera para ali no intuito de fazer política, tanto assim que dava esmolas, deixava o povo fazer lenha no seu mato, distribuía remédios homeopáticos..." (p.96).

Ao ser alvo de intimações e multas, Policarpo, percebendo que havia aí uma "vingança mesquinha" (BARRETO, 1997b, p.110), volta-se para uma "necessidade de trabalhos maiores, mais profundos; tornava-se necessário refazer a administração"; seria preciso, mesmo, "um governo forte, até a tirania... Medidas agrárias..." (p.110). Há um bloqueio. Mesmo com as fendas que fazem Policarpo ver, de relance, as "mãos que as tinham plantado há vinte ou trinta anos, escravos, talvez, banzeiros e desesperançados!..." e, que se relembre, aqueles e aquelas que se debateram e ainda se debatiam por seus territórios, o que faz o protagonista se mover não é a usurpação do trabalho e da terra desses grupos. O que o move é o fato de passar a ser alvo dessa vingança político-burocrática e, também, a notícia sobre os eventos que viriam a constituir a Revolta da Armada. O major dirige-se, então, para a capital no intuito de propor uma reforma político-administrativa a Floriano Peixoto, reforma que permitiria que as pessoas trabalhassem e que o Brasil crescesse; afinal, para Policarpo, seriam esses os problemas centrais a se enfrentar. Mas logo vê sua proposta desprezada e termina como major em um batalhão. Assim, Lima Barreto faz coexistir, ou melhor, faz ver um ciclo no qual a guerra é a continuação da política por outros meios e esta, por sua vez, não é nada além da continuação da primeira através de outros caminhos.

Há outra margem, uma terceira. Sem ela parece ser difícil compreender de modo satisfatório as figuras de Olga e de Policarpo, como também a funcionalidade da *mania*. Trata-se de Ismênia. A primeira pergunta que lhe é feita, assim que aparece no livro, não pode ser desprezada: "então, quando te casas?" (BARRETO, 1997b, p.26). Não pode ser desprezada pois logo fica-se sabendo que "tinha sempre que responder à famosa pergunta", "era a pergunta que se fazia sempre" (p.26). Não há incomodo por parte de Ismênia nessa repetição incessante, afinal "na vida, para ela, só havia uma coisa importante: casar-se" (p.26). E o fato de estar noiva parecia trazer-lhe calma. Não, não calma... Frieza, indiferença, lassidão são os termos que começam a pulular para descrever seu estado. Começa a se delinear *o triste fim de Ismênia*, que correrá em paralelo ao do protagonista.

O noivo de Ismênia some, ela enlouque, definha e morre. Ao perceber a proximidade de seu fim, faz um último pedido a sua mãe: "ir vestida de noiva" (BARRETO, 1997b, p.151), algo previsto ao se conhecer o teor de sua loucura, ou melhor, de sua *mania*: "se penteava toda, enfeitava-se e corria à mãe, dizendo: 'apronta-me, mamãe. O meu noivo não deve tardar... é hoje meu casamento'" (p.130). Seus familiares recorrem a todo tipo de ajuda, no entanto ela "não perdia a mania e cada vez mais embrenhava o seu espírito naquela obsessão de casamento, alvo que fizeram ser da sua vida, a que não atingira, aniquilando-se, porém, o seu espírito e a sua mocidade em pleno verdor" (p.130). Sua "mania parecia um pouco atenuada", nos instantes próximos a seu fim, enquanto "seu organismo caía", contudo vem o pedido à mãe, reafirmando o que lhe fazia morrer.

Há um trecho que se destaca: "alvo que *fizeram* ser da sua vida". Deve-se ter atenção ao verbo na terceira pessoa do plural. A partir dele que se poderá entender a origem da *mania* no romance. Trata-se de uma segunda natureza que, aos poucos, por um trabalho permanente, passa à primeira (não é à toa que Ismênia definha e morre). Um trabalho ininterrupto ilustrado pelas inúmeras vezes que a ela se pergunta: "então, quando se casa, D. Ismênia?" (BARRETO, 1997b, p.37). E tudo fica mais nítido quando se sabe que "desde menina, ouvia a mamãe dizer: 'Aprenda a fazer isso, porque quando você se casar...' ou senão: 'Você precisa aprender a pregar botões, porque quando você se casar...'" (p.38). Algo incessante: "a todo instante e a toda a hora, lá vinha aquele – porque quando você se casar...'" (p.38). E, por fim, "a menina foi se convencendo de que toda a existência só tendia para o casamento" (p.38). Vê-se bem como um dever moral, "uma ideia, uma pura ideia" (p.38), passa de segunda à primeira natureza. Aos poucos a "vida, o mundo, a variedade intensa dos sentimentos, das ideias, o nosso próprio direito à felicidade, foram parecendo ninharias" para Ismênia, pois casar-se mostrava-se "uma espécie de dever" e "não se casar, ficar solteira, *tia*, parecia-lhe um crime, uma vergonha" (p.38). Assim, se, de um lado, há uma existência não só guiada, mas constituída para o casamento; de outro, emerge a figura que daria pleno sentido a tal modo de existir, o noivo. Aquele ao qual a futura esposa passa a deitar um "olhar de gratidão" (p.33).

Vê-se bem que a *mania* é "coisa-feita" (BARRETO, 1997b, p.62), como diz uma "velha preta a chorar" (p.62) a Olga e seu pai, na saída do hospício. Dá-se a entender que o filho da mulher está internado ali, no mesmo manicômio onde um dos internos é Policarpo. A mania é "coisa-feita", é um trabalho. Não por acaso, o capítulo onde aparece a visita de Olga e seu pai ao protagonista no hospício, intitula-se *O Bibelot*. Artefato frágil como aquele quebrado por Ricardo Coração dos Outros no final do capítulo, enquanto Adelaide conversa com Ismênia, tendo dela uma resposta negativa à pergunta acerca do recebimento de alguma carta do noivo desaparecido. *Produto* de *natureza* rúptil, o *bibelot* é, a um só tempo, Ismênia e Policarpo. Existências forjadas para assumirem deveres morais – o casamento e o patriotismo – cujos destinos acabam por evidenciar o caráter de *mania* dessas ideias vazias, diferentes entre si, mas ambas enfraquecedoras, mesmo mortificantes. Portanto, não é à toa que "o major se sentia por qualquer coisa preso à moléstia da moça" (p.142).

E, assim, chega-se à última margem: Policarpo Quaresma. Mas antes, algumas coisas precisam ser lembradas. Se são ressaltados *os tristes fins* de Policarpo e de Ismênia, apontando o enfraquecimento decorrente de suas manias, vê-se, ao longo do livro, que o funcionamento das manias é generalizado. Seu principal efeito, o bloqueio, e a decorrente incapacidade de conexão, de empatia, a potencialização da indiferença, mostram-se em muitas ocasiões. Para citar dois exemplos: quando se diz que os sentimentos são afivelados aos rostos, quando mulheres conversam sobre lugares para compras de casamento durante o velório de Ismênia (BARRETO, 1997b, p.153); quando se conhece a indiferença generalizada perante a prisão e muito provável morte do major, indiferença tornada explícita pela busca de Ricardo Coração dos Outros por alguém que possa ajudar a tirar seu amigo da cadeia. Por isso dizer que a desvitalização, enquanto fruto de bloqueios e filtros das *manias*, é generalizada. Se os danos, materiais e imateriais, são mais graves entre os grupos às margens, o empobrecimento existencial é descomunal entre os que estariam na *corrente central*. Afinal, enquanto as margens encontram seus meios, como é exemplo a arte enquanto expressão de suas existências, para fazer a vida prevalecer mesmo nos contextos mais difíceis, o tal centro tende a se constituir pela expropriação de certos elementos e, ao mesmo tempo, pelo distanciamento em relação a essas margens. Expropriação e distanciamento que tendem ao esvaziamento existencial. E, há, nesse sentido, uma passagem ilustrativa, que se conecta àquela de Maria Rita. Em conversa com Policarpo, Albernaz diz que tem tentado tudo para curar sua filha, Ismênia: "tenho corrido médicos, espíritas, até feiticeiros" (p.144). Esses últimos, em geral, são "pretos africanos" (p.144). Um dentre eles, responde a Dona Maricota, mãe de Ismênia, que o que atinge sua filha é um feitiço. Mas ao ser perguntado sobre quem seria o responsável, responde que o *Santo* não quer dizer. E se lê: "o preto obscuro, velho escravo, arrancado há um meio século dos confins da África, saía arrastando a sua velhice e deixando naqueles corações uma esperança fugaz"; e mais:

> era uma singular situação, a daquele preto africano, ainda certamente pouco esquecido das dores do seu longo cativeiro, lançando mão dos resíduos de suas ingênuas crenças tribais, resíduos que tão a custo tinham resistido ao seu transplante forçado para terras de outros deuses – e empregando-os na consolação dos seus senhores de outro tempo. Como que os deuses de sua infância e de sua raça, aqueles sanguinários manipansos da África indecifrável, quisessem vingá-lo à legendária maneira do Cristo dos Evangelhos... (p.145).

O Santo não precisa dizer; a resposta está dada: a coisa-feita, o feitiço, é, exatamente, a *mania*, esse tornar-se pleno de vazio que constitui o *centro*; as expropriações e os distanciamentos – os títulos, as distinções, os ritos... –, toda a superficialidade tornada âmago cobra seu preço. E, talvez, ao deixar uma esperança fugaz, o "velho escravo" não quis dizer outra coisa senão algo como: "suas manias já nos fizeram sofrer muito, que agora sejam *vocês* que paguem por elas".

Que se volte a Policarpo. Há nele algo de diferente. Não se deve desconsiderar a epígrafe do livro, apenas complementá-la para o melhor entendimento do protagonista – um homem superior, e por sê-lo, mais vulnerável aos piores demônios, no seu caso, o nacionalismo. Não é tanto seu caminho, guiado por sua mania e marcado por decepções, que marca a distinção de Policarpo enquanto integrante dessa corrente central, mas sim as brechas que *quase* o fazem desviar. E mesmo que não o tenham feito, fomentam, junto às decepções, seu aprendizado ao final. Brechas que, quando já indo ao encontro de Floriano Peixoto, fazem-no lembrar, sobretudo, de Anastácio, "o seu preto velho" (BARRETO, 1997b, p.123), que o prendem à infelicidade e "à moléstia" (p.142) de Ismênia. E aqui, de certa forma, as expressões utilizadas para descrever Floriano Peixoto, podem ser usadas, adequadamente, em relação ao protagonista: "*homem-talvez*" (p.126), algo como um promotor de "*encruzilhadas dos talvezes*" (p.125). Há algo que os conecta, algo como um bloqueio de última hora às possibilidades, que os mantém em dois pontos do espectro do nacionalismo: o do dever, no caso de Policarpo, e o da preguiça, no de Peixoto. Fazendo-os coabitar o mesmo campo daqueles que, com a revolta, fazem ver de modo explícito a sinonímia entre nacionalismo, interesse pessoal e certa psicopatia: "todos mandavam; a autoridade estava em todas as mãos"; "surgiam as vinganças mesquinhas, a revide de pequenas implicâncias"; "em nome do Marechal Floriano, qualquer oficial, ou mesmo cidadão, sem função pública alguma, prendia e ai de quem caía na prisão, lá ficava esquecido, sofrendo angustiosos suplícios de uma imaginação dominicana. Os funcionários disputavam-se em bajulação, em servilismo... Era um terror, um terror baço, sem coragem, sangrento, às ocultas, sem grandeza, sem desculpa, sem razão e sem responsabilidades..." (p.114). Há, no livro, toda uma tipologia do nacionalismo, tipologia sobre um plano comum de mortificação. E Policarpo aos poucos vai chegando a essa conclusão. De "dúvidas a certos respeitos" (p.127) da pátria, passa à desilusão completa – e ao aprendizado – quando se percebe carcereiro de uma prisão onde não se mantinham os "chefes e superiores" (p.163) do lado derrotado nos embates da revolta, mas "havia simples marinheiros; havia inferiores; havia escreventes e operários de bordo. Brancos, pretos, mulatos, caboclos, gente de todas as cores e todos os sentimentos, gente que se tinha metido em tal aventura pelo hábito de obedecer, gente inteiramente estranha à questão em debate, gente arrancada à força aos lares ou à calaçaria das ruas, pequeninos, tenros, ou que se haviam alistado por miséria", gente que passou a "simples autômatos nas mãos dos chefes e superiores que a tinham abandonado à mercê dos vencedores" (p.163). Logo Policarpo vê que a "vitória tinha feito os vitoriosos inclementes e ferozes" (p.168): acompanha a separação de prisioneiros para a execução e logo passa, depois de protestar contra esses assassinatos, ele mesmo, a prisioneiro marcado para morrer.

Sabe-se que há, em Lima Barreto, um ciclo de ideias e sentimentos. E não é diferente com Policarpo Quaresma: um "amor da Pátria tomou-o por inteiro" (BARRETO, 1997b, p.20), mas "o que o patriotismo o fez pensar, foi num conhecimento inteiro do Brasil" (p.20), algo que o leva aos livros, que forram as paredes de um vasto aposento de sua casa, todos acerca do Brasil – por isso "Quaresma só sabia história do Brasil" (p.141). As palavras acabam, portanto, por encrustar certas ideias em Policarpo Quaresma, dando forma a sua mania. Contudo, repete-se o ciclo ao final, com um resultado diverso. Ao se dar conta do processo de execução dos prisioneiros, tudo muda: "aquela leva de desgraçados a sair assim, a desoras, escolhidos a esmo, para uma carniçaria distante, falara fundo a todos os sentimentos; pusera diante dos seus olhos todos os seus princípios morais. Desafiara a sua coragem moral e a sua solidariedade humana, e ele escrevera a carta [em protesto contra às mortes, enviada ao presidente] com veemência, com paixão, indignado. Nada omitiu do seu pensamento; falou claro, franca e nitidamente" (p.165)[21]. As palavras, esse condensar de sentimentos

[21] Cabe lembrar as palavras de Adelaide, em carta a Quaresma: "Não te exponhas muito, Policarpo. Toma muita cautela" (BARRETO, 1997b, p.149). Algo que o irmão toma como uma incompreensão, por parte da remetente, de como funcionaria a guerra. Quando na verdade, tratava-se de algo mais profundo e preciso: um conselho acerca do funcionamento do *socius* brasileiro e de suas manias, principalmente quando perante a heterogeneidade, mesmo aquela coabitante do campo comum do nacionalismo. A sabedoria exposta por Adelaide é similar à da mãe de Isaías Caminha: "não te mostres muito, porque nós..." (BARRETO, 1961a, p.57), ela diz ao filho antes dele ir para a cidade grande. Sendo que, no caso do *Recordações*, o racismo é a grande mania em primeiro plano, apontada pela mãe do protagonista.

e ideias, o condenam à mania, cerrando seu espírito. As palavras o libertam, mesmo que ao fazê-lo também o condenem ao cárcere e à morte. Palavras, veneno *e* remédio: *phármakon*. Há algo do destino de Sócrates presente no de Policarpo, já que se pode aventar que a cicuta matou o primeiro, mas também o libertou. E, nesse sentido, há no livro de Lima Barreto uma proposta de leitura à dicotomia entre corpo e espírito, como apresentada no *Fédon* (1996): há um ciclo, ou seja, uma via de comunicação bidirecional entre ambos, fazendo com que a funcionalidade de veneno, ou de corruptor, não se restrinja ao corpo sobre o espírito, e seja ativa nos dois. Além disso, e talvez sobretudo, há mais um aspecto, *lato sensu*, socrático: o fato de que em *Triste fim* se vê que o aprendizado se dá sempre junto às existências, por meio de um diálogo, mesmo que *a-significante*, entre elas. Se a mania de Policarpo o impedia de compreender propriamente o Brasil, bloqueava-o em relação às margens – grosso modo, no caso do livro, pessoas indígenas, negras, mulheres e empobrecidas –, pouco a pouco, por meio das brechas estabelecidas em um contato marginal, o major se transforma e aprende, passando a ver, precisamente, o modo pelo qual o Brasil funciona, modo ilustrado pela passagem do major a carcereiro e pelo momento que acompanha a seleção dos prisioneiros para execução. Desse modo, se há triste fim de Policarpo Quaresma, aguarda-se uma continuação, um aprendizado generalizado, algo que seria similar a narrativa sobre Sócrates: "passados alguns anos os Atenienses se arrependeriam da condenação e honrariam Sócrates com uma estátua junto aos grandes heróis da cidade" (BENOIT, 2018, p.137). Similar, pois, muitas deveriam ser as estátuas juntas a de Policarpo, que de protagonista, de herói, passa a mais um aliado. E, ainda, se há, por um lado, o triste fim de Policarpo Quaresma – e o triste fim de Ismênia –, há, por outro, algo como a aurora de Olga. Não se pode esquecer de Olga. Principalmente o momento que enfrenta Armando, seu marido. Ele que, surpreso, não pensa outra coisa ao ser por ela confrontado: "então aquela menina? Então aquele *bibelot*? Quem lhe teria ensinado tais coisas?" (BARRETO, 1997b, p.172). Olga não foi ensinada, mas aprendeu junto à ou a partir da existência de seu padrinho. Não é por acaso que ao recordar-se do padrinho, lembra-se "do seu eterno sonhar, da sua ternura, da tenacidade que punha em seguir as suas ideias, da sua candura de donzela romântica..." (p.170). Ela aprende da fraqueza e da força de Policarpo. E daí pode, diferente dele e de Ismênia, não se deixar formar, e quebrar, como um *bibelot.*

MÚSICA E EXISTÊNCIA

"A Música, a Música, essa é nossa história"
(BARAKA 2009, p.29).

Um preto velho perambula ao soar seu instrumento e cantar. Uma preta velha é acossada pelo antigo senhor que está atrás de sua sabedoria musical. Um trovador negro inova a modinha, pensa sobre ela, teoriza, e a faz "dizer algo". Que se lembre, também, de Joaquim dos Anjos, pai de Clara, tocador de flauta, tido como primeiro flautista dos arredores de Diamantina, Minas Gerais. Há, ainda, Ricardo Coração dos Outros e o vilão Cassi Jones – que compartilham o violão e a pele branca. A música aparece, de diferentes formas, nos romances de Lima Barreto. Seja por meio de certas personagens, seja enquanto mera ambientação, ela se faz presente. Em diversas crônicas, ela também é assunto do autor. Ainda estudante da Escola Politécnica, Lima publica, em 1900, texto sobre um concerto de Francisco Braga. A respeito do qual diz: "parece-me, nunca será um compositor popular, o que é talvez uma qualidade de primeira ordem" (BARRETO, 2004a, p.60). Tal enunciado ressoará nas leituras e interpretações acerca da postura de Lima Barreto em relação à chamada música popular, a ponto de se dizer que o autor mantinha certo pensamento elitista e preconceituoso em relação a ela. Trata-se de uma leitura apressada, mas justificável. Talvez os adjetivos deveriam ser outros, mais apurados. Pois o que se mostra nítido em Lima Barreto é o fato de que uma suposta origem, dita popular ou nacional, de qualquer coisa, não lhe diz muito. O ponto que merece atenção é, a um só tempo, o funcionamento e seus efeitos. É assim com a literatura, será assim com a música. E, nesse sentido, podem ser feitas de Lima Barreto as palavras de outro autor, Mário de Andrade (2013, p. 342): "eu acredito que deveríamos retornar a uma concepção mais ética da arte". E mais: toda a obra de Lima Barreto – o permanente vai e vem entre ficção e vida, âmbitos que, desse modo, não param de se afetar – é, também, proposição de uma concepção mais artística da ética.

Mas é preciso, antes de prosseguir, fazer dois apontamentos introdutórios. Na verdade, trata-se de repetir dois enunciados, fazendo com que eles sirvam aqui. O primeiro é do próprio Lima Barreto (2004a, p.131): "Pouco entendo de semelhante arte, mas quero mostrar uma pequena observação que venho fazendo de há muito". Essa é a primeira frase da crônica *A música*, publicada originalmente em 30 de dezembro de 1914[22]. O segundo é de Mário de Andrade (2013, p.80), coincidentemente também primeira linha de um texto seu: "Uma das coisas mais desagradáveis deste mundo é a gente abrir porta aberta". Dois enunciados que dizem muito sobre o que se tenta fazer aqui, pois trata-se, exatamente, de uma pequena observação sobre uma arte que se entende pouco e, ao fazê-la, corre-se o risco de abrir portas já abertas. Mas que, mesmo assim, se caminhe.

"Anda tudo isso, música, pintura, teatro, verso e prosa, tão ligado na finalidade da arte, que bem se pode encontrar nesse afastamento [entre tais atividades] um dos defeitos de todos esses ramos dela entre nós" (BARRETO, 2017, p.78). E se sabe qual é a finalidade da arte para o autor da Vila Quilombo: adicionar inteligência e felicidade à humanidade a partir da compreensão mútua, da multiplicação de conexões entre as pessoas. Para tanto, há uma espiral entre ideias e sentimentos. (Ou será que, agora, o mais adequado seria

[22] Depois de afirmar que a música não é sua seara, Lima Barreto (1956a) conta, em uma carta, que estudou "rudimentos de música, aos nove ou dez anos", e complementa, "pouco hoje sei deles" (p.275).

falar em uma relação de *chamado-resposta* entre ideias e sentimentos? Que não se tenha pressa). As primeiras, para Lima Barreto, não possuem grande poder de contágio, não são eficientes quando se trata de se fazer compreender para assim ligar-se: uma "pura ideia só como ideia tem fraco poder sobre a nossa conduta" (BARRETO, 2017, p.274). (E, aqui, já se realça o caráter ético da arte: que ela seja, ao mesmo tempo, um discurso de segunda ordem sobre a moral – a conduta – e um motor de transformação da mesma). E a arte é capaz de transformar ideias em sentimentos. Talvez transformação não seja a melhor palavra, pois Lima Barreto diz que é como se os sentimentos transportassem as ideias. Pode-se dizer, seguindo o autor, que as ideias já possuem um quociente sentimental, o que torna possível que os sentimentos tomem a dianteira. Trata-se, para modificar uma analogia platônica, de um revezamento entre quem guia a carruagem e quem a puxa. Nesse sentido, o que se chama de estético é a composição de técnicas, de meios e de materiais que permitirão, de modos mais ou menos eficientes, esse revezamento e a concretização de sua finalidade, a saber: "que se soldem as almas" (BARRETO, 2017, p.275), "quanto mais compreendermos os outros que nos parecem, à primeira vista, mais diferentes, mais intensa será a ligação entre [a humanidade], e mais nos amaremos mutuamente, ganhando com isso a nossa inteligência, não só a coletiva como a individual" (BARRETO, 2017, p.279). Em suma, a arte "tendo o poder de transmitir sentimentos e ideias, sob a forma de sentimentos, trabalha pela união da espécie; assim trabalhando, concorre, portanto, para o seu acréscimo de inteligência e de felicidade" (BARRETO, 2017, p.279-80). E que se lembre, a arte não é apenas um fenômeno social, é, também, "sociológico" (BARRETO, 2017, p.270): além de produto da vida coletiva, ela é meio de compreensão e intervenção na vida social.

Que se fale mais diretamente e, agora, por um caminho ligeiramente diferente: a arte, para Lima Barreto, deveria ser um meio de compreensão do estado de coisas através da exposição dos efeitos de tal estado sobre as mais diferentes vidas. A arte é, assim, esse revezamento entre sentimentos e ideias, é compartilhá-los enquanto produtos do asfixiamento das singularidades por tal estado de coisas – que se lembre das palavras de Lima Barreto (1961a, p.43) sobre Isaías Caminha na *Breve Notícia*: "Deus escreve direito por linhas tortas, dizem. Será mesmo isso ou será de lamentar que a felicidade vulgar tenha afogado, asfixiado um espírito tão singular? Quem sabe lá?". Ao mesmo tempo, é fazer ver que quando metamorfoseados e transportados em e pela arte, tais ideias e sentimentos têm um poder de contágio entre as pessoas. Contágio que gera compreensão, que por sua vez gera solidariedade e amor, sentimentos que tornam intolerável a miséria material a qual grandes parcelas da humanidade são mantidas. Intolerância que, por sua vez, é sinal de que se caminha em direção oposta daquela da miséria existencial imposta pelo estado de coisas. Em suma, a arte é "crítica da vida" e "aspiração a uma vida melhor" (ANDRADE, 2013, p.344). Não uma aspiração passiva, mas o primeiro passo na constituição de um novo possível. Pois, a questão é acerca da "própria funcionalidade primeira da arte, no sentido em que a arte é sempre uma crítica da vida, no sentido também em que crítica é consertar..." (ANDRADE, 2013, p.343). Tal compreensão ética, estética, social e política da arte servirá de base para, em seus romances e crônicas, Lima Barreto problematizar a música e seu papel no pós-abolição.

Quando se diz problematizar a música, principalmente quando se diz que pouco se entende de tal arte, como afirma Lima Barreto, compreende-se que se lida aí com algo que se poderia resumir como um funcionamento social da música, algo que seria exterior à própria música. No entanto, tal problematização não exclui, na verdade desde já considera, uma análise estética (as rupturas criativas são qualidades observadas e enaltecidas por Lima Barreto). Nesse sentido, problematizar a música é, desde o início, problematizar o estado de coisas – pois, como se disse, a música enquanto arte é, desde seu nascimento, problematização do presente. E se sabe que nos romances de Lima, qualquer problematização é traçada por meio das personagens. Elas são o desenvolvimento de um problema. Assim, apenas a constelação de certo grupo de personagens pode permitir que se traga à luz tal problematização e, consequentemente, que se veja algo como uma perspectiva barretiana acerca da música, em especial, da dita música popular.

Tal problematização atravessa, principalmente, dois romances: *Triste fim de Policarpo Quaresma* e *Clara dos Anjos*; e se desenvolve por meio de quatro personagens músicos. Em *Triste fim*: Ricardo Coração dos Outros e o trovador negro. Em *Clara dos Anjos*: Cassi Jones e Joaquim dos Anjos. Todos *modinheiros*. E o fato de a modinha conectar personagens tão diferentes – incluindo aí um vilão típico, como Cassi, algo raro nos livros do autor – deveria se configurar como um obstáculo para interpretações que tendam a tornar monolítica a perspectiva de Lima Barreto sobre esse estilo. Pois se há Cassi, de um lado; há, de outro, Joaquim. Se há Ricardo, há também o músico negro. Lida-se com quatro variáveis de um problema que, desde o seu início, não é simples.

Dentre diferentes versões sobre o nascimento da modinha, uma delas parece se impor: a impossibilidade de lhe dar uma origem exata. Criação portuguesa ou brasileira? Erudita ou popular? (RODRIGUES, 2013). Sabe-se da postura de Lima Barreto em relação as questões de origem: são insolúveis (BARRETO, 2010b, p.68). Portanto, o caminho a ser percorrido é outro. No caso de *Triste fim*, vê-se, inicialmente, um foco na funcionalidade, pois Policarpo se pergunta "qual seria a expressão poético-musical característica da alma nacional" (BARRETO, 1997b, p.23). E graças a longos momentos de meditação, além de consultas a "historiadores, cronistas e filósofos", "adquiriu certeza que era a modinha acompanhada pelo violão" (BARRETO, 1997b, p.23). Não há aí, pelo menos a princípio, uma busca pela origem autenticamente nacional da modinha. Trata-se de uma questão de adequação e eficiência expressiva. Assim, de "acordo com sua paixão dominante", ou seja, a nação,

Quaresma decide aprender o violão e a modinha. Ricardo Coração dos Outros, "homem célebre pela sua habilidade em cantar modinhas e tocar violão" (BARRETO, 1997b, p.22), aparece, então, como seu professor. A caracterização de Ricardo é já de interesse, pois aponta para uma distinção territorial entre os tocadores de modinha: "Não se julgue, entretanto, que Ricardo fosse um cantor de modinhas aí qualquer, um capadócio. Não; Ricardo Coração dos Outros era um artista a frequentar e a honrar as melhores famílias do Méier, Piedade e Riachuelo"; "gozava de estima geral da alta sociedade suburbana. É uma alta sociedade muito especial e que só é alta nos subúrbios" (BARRETO, 1997b, p.22). Fala-se, aí, da classe média, mimetizando, sempre de modo retardatário a classe rica, tendo por fim, sobretudo, seu distanciamento, mais imaterial do que material, da classe trabalhadora.

Pode-se dizer que tal cenário, no qual a *modinha* é apresentada, está em sintonia com a apresentação feita por Mário de Andrade (2013, p.19): "nos salões burgueses, desde os fins do século XVIII, se veio formando um gênero nacional de canção amorosa, em que a influência europeia era também fortíssima, a *modinha*" e em "meados do século passado [séc. XIX] a modinha passou dos salões burgueses pro seio do povo, e aí conseguiu caracterização nacional definitiva". Pois, "nascida em Portugal ou no Brasil, coisa que ainda não se esclareceu definitivamente e duvido que já agora se esclareça, a modinha é legitimamente brasileira": o "que realiza, justifica e define uma criação nacional folclórica é sua adaptação pelo povo" (ANDRADE, 2013, p.80). Contudo, mesmo tornando-se popular, a modinha "jamais conseguiu [...] aqueles caracteres de formulário construtivo, de tradicionalização, de inconsciência e anonimato da coisa folclórica" (ANDRADE, 2013, p.320). E há nessa última consideração algo interessante. Em *Triste fim*, a classe alta suburbana é representada, inclusive em suas festas e bailes, pela casa do general Albernaz. Uma visita de Ricardo e seu violão à casa desperta "no general e na família um gosto pelas festanças, cantigas e hábitos genuinamente nacionais", contudo "a modinha era pouco; os seus espíritos pediam coisa mais plebeia, mais característica e extravagante" (BARRETO, 1997b, p.28). A passagem parece denotar, de um lado, a ideia da popularização da modinha – o que Mário de Andrade (2013, p.320) chamará de "desnivelamento", vocabulário afim àquele empregue em *Triste fim* acerca do "tenaz trabalhar de Ricardo Coração dos Outros em prol do *levantamento* da modinha e do violão" (BARRETO, 1997b, p.80) – e, de outro lado, o exotismo.

Deve-se ressaltar: a exotização não é uma atividade sem consequências. É certo que os maiores riscos caem sobre os coletivos aos quais se imputa o predicado de exóticos, pois funciona pela captura e desvitalização das produções expressivas e artísticas, como também pelo aprisionamento desses coletivos a certas produções vistas como propriamente suas, ou seja, originais, autênticas. Em poucas palavras, o exotismo é o meio pelo qual o "outro é transformado em puro objeto, espetáculo, marionete..." (BARTHES, 1980, p.172). Cabe destacar que o nacionalismo, a *mania* de Policarpo Quaresma – para usar o termo empregado por Adelaide, sua irmã –, está imbricado com o exotismo. Isso se torna visível na relação de Policarpo com os elementos da vida indígena. Como se sabe, o protagonista estuda a "língua" tupi-guarani tendo como projeto propô-la como língua geral, pois seria a autêntica língua nacional. Diz-se que se trata de exotismo, pois a autenticidade que Quaresma dá ao tupi-guarani e, daí, sua luta para fazê-lo língua nacional, o faz perder de vista dois aspectos importantes: a variedade de línguas indígenas (que se recorde que o Tupi-Guarani é uma família linguística, não uma língua, mas que se siga o vocabulário do romance) presentes no Brasil, e os povos aos quais elas pertencem. Policarpo expropria, em sua proposta, um traço expressivo (existencial) – uma língua; torna-o independente de seus falantes (fazendo desses falantes reserva, longínqua, de autenticidade); e o faz girar segundo os critérios de seu próprio projeto.

Algo similar se dá no caso da música. Inicialmente, parece ser possível interpretar que Policarpo se mostra interessado na funcionalidade, adequação e eficiência expressiva da música. Desse interesse chega à modinha. Mas logo se vê que sua *mania* não permite tal perspectiva. E isso deveria ter sido previsto, afinal o protagonista partiu de "sua paixão dominante" e, como se sabe, a paixão "cega", e aquela pela nação o faz "mais do que nenhuma outra", pois "sáfara e estéril" (BARRETO, 2004a, p.536). Policarpo é levado, desde tal paixão, sua *mania*, a se desentender, inclusive, com Ricardo.

Direcionando-se a Olga, afilhada de Policarpo, Ricardo ressaltará a beleza e a dificuldade do violão. Seguiria dando um exemplo, mas é interrompido pelo major que afirma existirem instrumentos mais difíceis. Ricardo pergunta se seria o piano. "Qual piano! O maracá, a inúbia", responde Policarpo, que parece se exaltar ainda mais quando o trovador diz desconhecê-los. "Não conheces? É boa! Instrumentos mais nacionais possíveis, os únicos que o são verdadeiramente; instrumentos dos nossos antepassados", os "caboclos!". Ricardo deixa visível que compartilha da noção de que os povos indígenas e suas criações não merecem atenção: "Instrumento de caboclo, ora!". A discussão ascende com a resposta do major: "De caboclo! Que é que tem? O Léry diz que são muito sonoros e agradáveis de ouvir... Se é por ser de caboclo, o violão também não vale nada – é um instrumento de capadócio". "De capadócio, major! Não diga isso..." (BARRETO, 1997b, p.37). Há certos pontos dignos de atenção, nesse momento final da discussão. Por um lado, a extensão, feita por Ricardo, do desprestígio destinado aos caboclos – modo genérico de referir-se às populações indígenas considerado, em muitos contextos da atualidade, ofensivo – aos seus instrumentos; e, por outro lado, a aparente desvinculação, feita por Policarpo, entre as pessoas e os elementos produzidos por ou associados a elas. Parece que o major não questiona o desprestígio direcionado aos indígenas, chega mesmo a reafirmá-lo quando diz que se a associação entre pessoas e suas criações fosse determinante, o violão, instrumento de Ricardo, também não valeria nada. Nesse sentido, que se recorde de Adelaide, irmã do protagonista, e seu desinteresse pelo violão: "sua educação que se fizera, vendo semelhante instrumento entregue a escravos ou gente parecida, não podia admitir que ele [o violão] preocupasse a atenção de pessoas de certa ordem" (BARRETO 1997b, p.63).

Se Policarpo chega a considerar, inicialmente, o violão como instrumento de interesse patriótico, e depois o maracá e a inúbia, pode-se dizer que se repete com os instrumentos o mesmo procedimento empregado com a língua. Parece pertinente dizer que exotismo é o motor de arranque da instrumentalização de elementos expressivos de certos povos. E quando se diz povos é necessário ter em mente que a tênue delimitação entre eles é produzida, em grande medida, pelo funcionamento de tais elementos enquanto meios de expressar um certo modo de existir singular, ou seja, esses elementos são a via para a constituição, enquanto presença singular no mundo, de um povo. São, assim, elementos vitais. A instrumentalização procede por meio da desvinculação e desvitalização desses elementos em prol de certo objetivo, pode-se dizer, da *maioria*. Que se lembre: maioria e minoria não dizem respeito a números, mas sim à aproximação ou distanciamento de um certo modelo (DELEUZE, 2010). Modelo sempre cambiante e redundante, existencialmente vazio; características que lhe dão força centrífuga, tornando-o inabitável. Por isso o modelo é ninguém; e as pessoas, se aproximando mais ou menos, se mantêm em sua perseguição. Nesse sentido, a maioria está mais próxima ao modelo, ou seja, mais próxima ao nada. A instrumentalização, portanto, aparece como efeito dessa aproximação ao vazio, pois trata-se de uma tentativa de ganhar vida por meio da captura de certos elementos vitais exógenos. Contudo, não há ganho de vida para a dita maioria. O que ocorre é a desvitalização desses elementos quando extirpados de seus contextos existenciais, tornando-os novas ferramentas de esvaziamento. E é nessa direção que, talvez, seja menos útil pensar na ligação óbvia que há entre os dois modinheiros Ricardo e Cassi do que naquela entre Cassi e Policarpo Quaresma. Há uma variação no objetivo – a glória da nação para Policarpo, a sedução de mulheres para Cassi – mas um procedimento comum – a instrumentalização. E no caso de Cassi, pode-se dizer, isso é quase literal: "Era bem misterioso esse violão; era bem um elixir ou talismã de amor" (BARRETO, 1997a, p.33); "e, quase sempre, o violão e a modinha eram seus cúmplices..." (BARRETO, 1997a, p.48).

Deve-se ter atenção, pois caso a análise se restrinja a Cassi – a seus trejeitos enquanto toca e canta, às letras amorosas das modinhas e, principalmente, a seu objetivo – pode-se chegar, de modo apressado, a conclusão de que tal personagem representaria o desprezo de Lima Barreto pela música popular. Entretanto, cabe lembrar de Joaquim dos Anjos, pai de Clara, apresentado como honesto e trabalhador: o "carteiro [...] não era homem de serestas e serenatas; mas gostava de violão e de modinhas. Ele mesmo tocava flauta, instrumento que já foi muito estimado em outras épocas, não sendo atualmente como outrora" (BARRETO, 1997a, p.21). Pode-se ver que não é apenas a modinha. Lida-se com certo agenciamento, cujo funcionamento conjunto de seus elementos dá efetividade às ações de Cassi sobre Clara. Isto é, não se trata apenas do efeito das modinhas – que "falam muito de amor, algumas delas são lúbricas até" (p.72) – sobre a protagonista. Soma-se à modinha os efeitos das "reações mentais" da jovem "ao áspero proceder da mãe", proceder que lhe limitava o acesso ao mundo, impedindo-a de se preparar para encará-lo; e a superficial relação com o pai, constituída enquanto uma formação para a vida de casada – "o seu ideal na vida não era adquirir uma personalidade, não era ser ela, mesmo ao lado do pai ou do futuro marido. Era constituir função do pai, enquanto solteira, e do marido, quando casada" (p.116). Que não se esqueça do racismo enquanto parte constituinte de tal agenciamento. Elemento que permite a Cassi escolher mulheres negras como seu alvo preferencial, tendo em vista: 1) o cálculo de maior probabilidade de sucesso de suas investidas devido ao fato de ser branco. Fato que denotaria uma pureza de sentimentos, pois um possível casamento entre um homem branco e uma mulher negra implicaria o enfrentamento da hierarquia racial vigente; 2) a certeza da impossibilidade de defesa por parte das mulheres perante as consequências negativas de suas ações sobre elas, devido ao apoio institucional que tende à *branquitude*, apoio visível quando o caráter explícito do papel de perpetrador é ofuscado pelo salvo-conduto dado *a priori* àqueles que compartilham à condição de brancos. E Lima Barreto faz ver algo mais, algo diferente, visível quando se coloca, lado a lado, Ismênia, de *Triste fim*, e Clara: os modos pelos quais o sexismo tem efeitos distintos em relação a mulheres brancas e negras, devido ao funcionamento associado do racismo. Mostra, com Ismênia, que as mulheres brancas são formadas enquanto *objetos* frágeis e valiosos para o casamento. O termo utilizado em *Triste fim* é *bibelot*. As mulheres negras, como é o caso de Clara, são vistas, por um lado, enquanto meros objetos a serem usados, por outro, enquanto sedutoras maléficas. Ou seja, não há fragilidade nem valorização, há apenas uso e culpabilização. O uso é explícito na personagem de Cassi, já a culpabilização, na de sua mãe, que o defende cegamente, devido a um orgulho étnico – de classe e necessariamente associado a um orgulho racial. Em suma, a associação e a retroalimentação desses elementos fazem de Clara um alvo de Cassi, atualizam a coisificação a qual a população negra era submetida, agora investida sobre a jovem na pós-abolição: "ela deixou de ser ela mesma, para ser uma coisa, uma boneca nas mãos dele" (BARRETO, 1997a, p.154). O que a leva, ao final do livro, a concluir, em conversa com sua mãe: "Nós não somos nada nessa vida" (p.172). Mas há um aprendizado no sofrimento. Devido aos acontecimentos, ela passa a ver, nítida e diretamente, o estado de coisas: "Agora é que tinha a noção exata da sua situação na sociedade" (p 171). Não se lida com um *triste fim de Clara dos Anjos*, mesmo que tal fim seja anunciado em dois momentos do romance: primeiro, quando Clara descobre que está grávida e expõe o receio de ser, por conta disso, expulsa de casa; depois, quando do encontro de Cassi com uma mulher descrita como "sua primeira vítima" (p.149), ela é vista na miséria e seu filho, dela e do modinheiro, encontra-se preso. Mas, ao fim do livro, o que se vê é algo diferente: Clara recebe um abraço de sua mãe, que a acolhe, e o estreitamento da aliança com Dona Margarida, a vizinha nascida na Rússia. Clara sofre, mas aprende como funciona o Brasil, e o fato de o livro apontar para a manutenção de suas alianças, inclusive a familiar, abre caminho para a interpretação de que tal aprendizado pode gerar frutos benéficos.

Um elemento alienante, talvez isso que se possa dizer acerca da música, especificamente da modinha, no caso de Clara, já que desempenha um papel fundamental na incompreensão da protagonista sobre o mundo e no desconhecimento do lugar geralmente destinado a uma jovem negra. O que Lima Barreto deixa explícito é a necessidade de conhecer esse lugar para, assim, empregar forças para dele sair, se desviar, e, idealmente e por fim, para destruí-lo. Clara o conhece sofrendo. E a modinha é elemento atuante nesse sofrimento. Entretanto, há ainda um detalhe. Diz-se que a modinha atua no caso de Clara, mas não se pode dizer que seria assim em qualquer situação. Algo a ser considerado, pois nítido no livro, é o fato de Clara ser audiência. Seu pai, apesar de lhe ensinar "os rudimentos da arte musical" (BARRETO, 1997a, p.116), não lhe ensina nenhum instrumento. Apenas o piano seria apropriado "para uma moça" (p.116). Como seu pai não pode comprar, alugar, nem mesmo pagar aulas de piano, Clara fica, portanto, restrita à audiência. Por que se diz isso? Pois enquanto meio de expressão existencial – modo de constituição de um estilo expressivo próprio ao tocar um instrumento – a música, inclusive a modinha, poderia funcionar de maneira diversa, sendo útil a Clara. Mas, como se disse, no agenciamento em questão, a música acaba atuando tanto no fomento e manutenção da ignorância acerca do estado de coisas quanto como meio de diferenciação e hierarquização étnica – o que inclui o *ethos* de classe – fazendo de certos estilos e instrumentos musicais signos, sempre cambiantes, de pertencimento. Daí se poder dizer "que já em 1856" havia "a detestável moda de tocar piano", o que tornava possível "chamar o Rio de Janeiro de 'cidade de pianos'"; "a praga era tão geral no país" que era possível "encontrar pianos a cem léguas, interior a dentro, transportados a ombro de negro" (ANDRADE, 2015, p.125). Não há apenas peso material, mas também imaterial. E nesse sentido, uma longa passagem de *Triste fim* parece importante, pois mostra que Ricardo:

> sofria na sua glória, produto de um lento e seguido trabalho de anos. É que aparecera um crioulo a cantar modinhas e cujo nome começava a tomar força e já era citado ao lado do seu. Aborrecia-se com o rival, por dois fatos: primeiro: pelo sujeito ser preto; e segundo: por causa das suas teorias. Não é que ele tivesse ojeriza particular aos pretos. O que ele via no fato de haver um preto famoso tocar violão era que tal coisa ia diminuir ainda mais o prestígio do instrumento. Se o seu rival tocasse piano e por isso ficasse célebre, não havia mal algum; ao contrário: o talento do rapaz levantava a sua pessoa, por intermédio do instrumento considerado; mas, tocando violão, era o inverso: o preconceito que lhe cercava a pessoa desmoralizava o misterioso violão que ele tanto estimava. E além disso com aquelas teorias! Ora! Querer que a modinha diga alguma coisa e tenha versos certos! Que tolice! E Ricardo levava a pensar nesse rival inesperado que se punha assim diante dele com um obstáculo imprevisto na subida maravilhosa para a sua glória. Precisava afastá-lo, esmagá-lo, mostrar a sua superioridade indiscutível; mas como? A *réclame* já não bastava; o rival a empregava também. Se ele tivesse um homem notável, um grande literato, que escrevesse um artigo sobre ele e a sua obra, a vitória estava certa. Era difícil encontrar. Esses nossos literatos eram tão tolos e viviam tão absorvidos em coisas francesas... Pensou num jornal, O Violão, em que ele desafiasse o rival e o esmagasse numa polêmica. Era isso que precisava obter e a esperança estava em Quaresma, atualmente recolhido ao hospício, mas felizmente em via de cura. A sua alegria foi justamente grande quando soube que o amigo estava melhor (BARRETO, 1997b, p. 63-4).

Está tudo aí. Mas que não se condene Ricardo apressadamente. Que se tenha calma na análise. Lima Barreto faz ver, em *Triste fim*, que a mania é um trabalho, é "coisa feita", que acaba por constituir seres. É o caso de Policarpo, Ismênia e Ricardo. A mania do último é a glória. Sim, no seu caso, parece não haver herança, portanto há trabalho para conquistá-la. Mas há algo mais. Há o *favor*: que um grande literato, quem sabe Policarpo Quaresma, escreva sobre ele, exaltando-o. E que se lembre de Isaías Caminha que, graças a seu tio, consegue uma carta de recomendação de um coronel de sua cidade natal. Mas logo se vê, em seu caso – um jovem negro interiorano –, a inutilidade da carta. O que denota que a funcionalidade do favor se relaciona com certo pertencimento prévio a um grupo. O aborrecimento de Ricardo com o novo tocador de modinhas e a solução por ele aventada – um artigo de um prestigioso literato – para superá-lo, parece corroborar a afirmação acerca do favor como elemento de um *ethos*. Mas não só o favor. O fato da ascensão do modinheiro negro incomodar Ricardo parece dizer que a glória é, também ela, elemento restrito a um grupo, que seria, *a priori*, superior. Afinal, o que se mostra aí é que não se trata do resultado de um trabalho melhor ou mais abundante. O novo modinheiro toca, canta, e além disso, pensa sobre o que toca e canta; busca criar, modificar a música. Ricardo considera-o rival, mesmo um inimigo. Precisa, portanto, esmagá-lo, mostrar "sua superioridade indiscutível". Mas que superioridade seria essa? Não seria uma superioridade musical. Ela se daria e seria afirmada, exatamente, por meio das palavras de um grande literato de seu ciclo de relações. Ciclo que, como Lima Barreto mostra, não é outra coisa senão um ciclo étnico. Talvez seja relevante, nesse sentido, ressaltar o fato de Ricardo morar em uma casa de cômodos no subúrbio, ou seja, lugar pobre. Mesmo aí, na pobreza, é possível traçar uma linha que faz com que Ricardo se distingua do novo modinheiro e se conecte a indivíduos de outra classe social, conexão que não só corrobora a distinção, como também lhe dá valoração, estabelecendo uma hierarquia entre os dois modinheiros, cujo ponto de maior valor seria ocupado pelo amigo de Policarpo. Traça-se um grupo que desconsidera as divisões de classe (para, de certo modo, mantê-las), reafirmando a divisão e a hierarquia racial. A divisão de classes só se sustenta se os brancos empobrecidos tiverem assegurada a divisão e a hierarquia racial.

Mas que se vá com calma. Para Ricardo a música não deve dizer diretamente nada. Ou seja, as palavras devem aparecer, apenas, como elementos sonoros a serem adaptados a melodia. Por um lado, Ricardo expressa que a música não precisa de palavras para ser meio de expressão existencial. Ele mesmo sofre quando não pode tocar seu violão no quartel. Ou seja, a música, para Ricardo, não é apenas meio para a glória. É algo vital. Traço comum entre ele e Joaquim dos Anjos – o último não busca a glória na música, tampouco procura inová-la, como o faz o modinheiro negro, mas afirma que vive para ela. Por outro lado, Ricardo não vê que as palavras reproduzidas nas canções dizem, sim, algo. Elas redundam uma forma de vida e uma norma expressiva – também redundantes entre si. A modinha não *deve* dizer nada, a não ser o que já diz. O que se vê é que a potência *a-significante* da música é sufocada pelas palavras que reafirmam o vazio existencial de certo modelo de vida. Ao dizer potência *a-significante* procura-se destacar o fato da música, mesmo involuntariamente, emergir como produção existencial inseparável da possibilidade de abertura a algo diferente do estado de coisas, algo como uma existência em estado nascente (LIMA, 2019). Potência *a-significante* da música quer dizer, ainda, algo como uma capacidade de afetar e ganhar um sentido ao ser tocada e ouvida. O que Lima Barreto parece mostrar é, portanto, que uma suposta origem popular ou a popularização – enquanto espraiamento de certo elemento entre *um povo* – não são grandes coisas se aquilo que é dito popular não serve de meio expressivo e não trata *das existências*. É nesse sentido que o autor critica a música hegemônica de seu tempo ao dizer que é um "atavio, um adorno mundano e vai perdendo aos poucos o que possa haver nela de profundo e importante para o nosso destino" (BARRETO, 2004a, p.131). Por isso a modinha é um verdadeiro canto das sereias em relação a Clara. E o fato da protagonista se restringir a audiência tem importância pois, ao tocar um instrumento, ela poderia ganhar um novo vocabulário expressivo. Por um lado, haveria a possibilidade de traduzir seus sentimentos em ritmo e melodia. Por outro, seria possível emergir, mesmo a revelia de si mesma, um novo horizonte sentimental. Aspectos que poderiam acarretar o surgimento, o desenvolvimento e a transformação de ideias (pois, em Lima Barreto, como se sabe, sentimentos e ideias vão juntos). Restrita ao papel de audiência de uma música que ecoa uma forma de vida que se impõe como norma vazia, Clara desenvolve uma "alma amolecida" (BARRETO, 1997a, p.72), "uma natureza amorfa, pastosa" (p.117), isolada.

Mesmo como audiência, entretanto, as coisas poderiam ser diferentes. É o que o *blues*, o samba, o *jazz* e o *rap* (por exemplo) ensinam. São criações que emergem de uma encruzilhada de heranças rítmicas e estruturais – como o chamado-resposta (LOPES, 2006; DAVIS, 1999; JONES, 1967) – e de uma capacidade criativa que beira ao infinito, pois é capaz de utilizar e, assim transformar, elementos próprios a um ambiente estranho e hostil. Criações localizadas "em um *continuum* cultural africano" (DAVIS, 1999, p.49). E que se ressalte: não é exagero falar em herança ou em *continuum*, pois a forma do canto antifonal africano, estruturado em um solista que apresenta um tema e em um coro que o responde, atravessa estilos, territórios e tempos afro-diaspóricos diversos. Há algo como um vínculo entre persistência *e* complexificação explícito no *blues* de Gertrude "Ma" Rainey quando ela insere uma antecipação da resposta do coro. Cabe lembrar, também, dessa persistência *e* complexificação no jazz: "a estrutura riff-solo [tema e improvisação] era adaptação perfeita da antiga música vocal antifonal africana, bem como da canção de trabalho e do *spiritual*, ambos igualmente afro-americanos" (JONES, 1967, p.187). Não foi sem razão que se falou em atravessamento de estilos, territórios e tempos afro-diaspóricos diversos. Pois o canto antifonal dá forma aos vissungos - músicas de trabalho entoadas, principalmente, nas lavras de Diamantina, no estado de Minas Gerais, região natal de Joaquim dos Anjos - que se dividem "em *boiado*, que é o solo, tirado pelo *mestre* sem acompanhamento nenhum, e o *dobrado*, que é a resposta dos outros em coro, às vezes com acompanhamento de ruídos feitos com os próprios instrumentos usados na tarefa" (MACHADO FILHO, 1964, p.57). Vive também no samba de partido-alto da cidade do Rio de Janeiro: a "estrofe improvisada a solo e acompanhada de refrão coral fixo, ocorrente no partido-alto[23], constitui característica estrutural da música de origem africana na Diáspora" (LOPES, 2011, p.1185). Dessa confluência que parece vir a força arrebatadora dos vissungos cantados por Clementina de Jesus, Tia Doca e Geraldo Filme, no álbum *O Canto dos escravos*. Daí se poder dizer que "a forma chamado e resposta (solo e coro) da África, nunca nos deixou como um modo (musical) de expressão" (JONES, 2010, p.195).

Há algo como um efeito dessa forma e de seu atravessar estilístico, territorial e temporal: o fortalecimento *e* a constituição de comunidades - de *povos* mesmo - na diáspora. Fortalecimento e constituição que passam, também, pela audiência. É o que "Ma" Rainey faz ao abrir uma canção com o verso "eu quero que todas vocês mulheres me escutem", e segue aconselhando que não se confie demasiadamente "no seu homem". Trata-se aí de um diálogo traçado não apenas com uma audiência, mas com uma "comunidade de mulheres" (DAVIS, 1999, p.57). Ou seja, lida-se aí com a persistência *e* complexificação da "forma chamado-resposta", por meio de uma "antecipação das afirmações da audiência" (p.55), fazendo do *blues* - e que se ressalte a importância daquele produzido por mulheres negras, pois "quem melhor cantou o blues clássico foram as mulheres" (JONES, 1967, p.99) - um espaço no qual os

[23] Como explica Candeia, no documentário *Partido Alto*, de Hirszman (1982), tal modalidade "tem aquela forma da improvisação, a improvisação que vai nascendo não só sobre o tema, refrão, mas também sobre o ambiente, sobre um clima que vai se criando aos poucos".

aspectos profundamente sociopolíticos da experiência pessoal negra tornam-se explícitos, o que possibilita a análise, o diálogo e a troca de experiências individuais-coletivas.

É nesse sentido que a escrita barretiana – criticada por ser demasiadamente pessoal – se aproxima das músicas negras. Ou melhor, é nesse sentido que a escrita barretiana mostra-se musical. A escrita é o ponto individual que se encontra no meio, ou seja, ela está entre a experiência existencial e a antecipação de uma resposta, ambas coletivas. Mesmo formalmente, romances como *Recordações*, *Triste fim* e *Clara dos Anjos*, configuram-se, com as personagens protagonistas, como respostas a problemas existenciais coletivos. No entanto, se há, ao final dos livros, o fechamento de um ciclo responsivo, há uma abertura, um chamado: a insatisfação, que funciona como impulso para movimento de Isaías, cessa precariamente, apenas para, nas últimas páginas, emergirem os desgostos (novo impulso?) relativos à sua nova vida; fecha-se o ciclo de desilusões de Policarpo, mas abre-se o caminho para Olga; Clara é seduzida por Cassi, mas não se aponta para o final provável mostrado no livro por meio das outras vítimas do modinheiro, há uma aliança e um abraço entre mãe e filha, abraço que aponta, graças ao aprendizado enunciado por Clara ("nós não somos nada nessa vida"), para um caminho diferente daquele demarcado para *o povo negro*. Trata-se de criar possíveis na e pela literatura.

Chamado-(antecipação)-resposta, tal é a estrutura musical da obra barretiana. E nesse sentido, se é possível dizer que música e literatura são meios de *individuação*, pois são expressão pela qual alguém, algum *um*, um indivíduo ou um povo, se apresenta, se posiciona perante o todo; pode-se afirmar, também, que elas são, desde já, uma abertura ao fora, são meios de *desindividuação*, são a explicitação da ocupação ou do atravessamento desse *um* pelo *todo*. Trata-se de um vai e vem entre o individual, o coletivo, o popular, o planetário e o cósmico, sendo que as passagens de um ao outro não se dão por mera soma ou subtração de elementos, mas por algo como chamados e respostas incessantes entre eles. E há algo mais. Amiri Baraka lembra, em diversas oportunidades, de um ditado africano: "o espírito não descerá sem música". Pode-se dizer, fazendo uso de certa generalização, que as religiões africanas, as afro-brasileiras e pode-se incluir as indígenas, compreendem a relevância musical – pois sonora, rítmica e melódica – do mundo material e imaterial, por isso que o necessário intercâmbio entre mundos é dado por meio de uma "afinação", de uma "sintonia". Os tambores africanos e as maracás indígenas[24] são meios de interlocução, ao mesmo tempo que são meios expressivos, pois manifestam uma atitude, um modo de existir sempre *em relação* com um fora, com outras forças, com outros mundos. Relação em seu sentido forte, pois o início de sua tessitura depende já de uma abertura aos seus efeitos, às transformações forjadas pelo estar em relação. Por isso dizer: individuação *e* desindividuação.

Vê-se, assim, a complexidade de se falar que algo é popular, pois ao se falar *povo* não se quer dizer um conglomerado de pessoas circunscritas pela pátria ou pela nação, longe disso. Mas falar em *povo* também não é se referir, apenas, a um coletivo étnico. Há algo mais. Aqui, uma pequena frase de Lima Barreto (1956c, p.52), em uma entrada de seu diário, mostra-se importante: "eu, mulato ou negro, como queiram". Parece necessário desdobrá-la. Quando se fala de *povo negro* trata-se sim das pessoas negras no Brasil, desse agrupamento constituído por meio da brutalidade do sequestro, do cativeiro, da hierarquia racial e da constituição e manutenção de uma situação de miséria material em uma terra estranha: "mulato ou negro, *como queiram*". Ao dizer *povo negro, povo mulato, povo preto*, pouco importam as possíveis diferenças entre os termos que variam: "mulato ou negro, *como queiram*"; o que se mostra importante é o sentido de uma assunção enquanto resposta e desafio – mesmo

[24] É o que mostra Wewito Ashaninka ao dizer que a "música nos faz voar. Entramos no som de nossos instrumentos e, através deles, nos relacionamos com pássaros, peixes, ervas, legumes, bebidas e outros seres". Trecho presente em texto de Bessa Freire (2017).

com todo a brutalidade e a miséria imposta, emerge-se enquanto *povo*. Que se tenha atenção: tal emersão não é a chegada final à tábua salvadora. *Povo* é um traço diferencial, é ao mesmo tempo abertura *e* fechamento; é a habitação de uma passagem, que ao ser transpassada se fecha *e* se abre em ângulos diversos. Pode-se ainda afirmar que ao enunciar um *povo* aponta-se uma constelação provisória. Constelação que torna algo incomensurável, como um universo, inteligível. Mais diretamente, um *povo* é um traçado pela *humanidade* e pelo *todo*. Fala-se *povo* para poder se falar, também, em humanidade e no mistério que a cerca. Fala-se *povo* para que se impeça a *mania* de fazer da humanidade sinonímia de um agrupamento qualquer, essa mania de fazer "esse clube da humanidade" (KRENAK, 2019, p.13). Para que se bloqueie o ímpeto de forjar, por meio de um agrupamento, um topo da humanidade, como se essa fosse, em vez de um universo de relações, um mero relevo. Ao se falar *povo* não se faz outra coisa senão evidenciar a humanidade como esse universo de relações que não se restringe àquilo que é dito propriamente humano. E Lima Barreto sabe disso, pois a tarefa da literatura e da música, seu destino, é, pare ele, tanto um meio de conexão entre a humanidade quanto uma ligação dessa "à árvore, à flor, ao cão, ao rio, ao mar e à estrela inacessível" (BARRETO, 2017, p.280). A humanidade é um *estar entre* e ao chegar aos seus limites o que se vislumbra são dois polos do que não se conhece, e talvez, apenas talvez, se possa conhecer; tal é o "Mistério que nos cerca" (p.272). Por isso dizer que se lida com uma complexa rede de chamado-(antecipação)-resposta que ao mesmo tempo individualiza e desindividualiza, atravessando o indivíduo, o coletivo, o popular, o planetário e o cósmico. A literatura e a música individualizam, pois são atos expressivos de autoposicionamento, são a apresentação de certa existência enquanto singularidade. Algo como uma resposta individual a um chamado universal. A literatura e a música desindividualizam, pois pelo próprio ato de autoposicionamento torna-se visível toda uma vizinhança, rede de compartilhamento de elementos, repetições, ecos, reverberações e atravessamentos. Há algo como uma expressão do universo *através* (mesmo apesar) do indivíduo. Chamado-(antecipação)-resposta. Talvez aí se possa compreender quando se fala que o indivíduo (e pode-se falar também do *povo*) "se encontra em posição de 'terminal'", pois "a interioridade se instaura no cruzamento de múltiplos componentes relativamente autônomos uns em relação aos outros e, se for o caso, francamente discordantes" (GUATTARI, 2012, p.17).

Dito isso, é possível retornar às palavras de Lima Barreto, elas podem ganhar outra intensidade agora: a música torna-se um "atavio, um adorno mundano e vai perdendo aos poucos o que possa haver nela de profundo e importante para o nosso destino" (BARRETO, 2004a, p.131). Não é à toa que a música funciona como meio de sedução nas mãos de Cassi; não é gratuito também falar em canto das sereias, pois trata-se de algo como um encantar para que se instaure um bloqueio e se finque um desvio nos chamados-respostas, esse incessante movimento musical da existência, erigindo uma câmara na qual os mesmos chamados e as mesmas respostas são dadas insistentemente. Que se recorde de Ricardo: a música perde sua função existencial no momento que funciona como meio para a glória pessoal e, para tanto, deve se fazer redundante com uma norma de vida dada. Fecha-se a câmara, a música se torna redundância, reafirmação e sedução.

Chega-se, agora, a outro ponto de contato entre a obra de Lima Barreto e as músicas negras. Talvez se possa dizer que ambas lidaram com a "incompreensão" por parte da crítica branca. Tal "incompreensão" torna-se explícita nas comparações entre o *Recordações* e o *Triste fim*, enaltecendo o último, pois "Lima Barreto nele conseguiu criar uma personagem que não fosse mera projeção de amarguras pessoais como o amanuense Isaías Caminha" (BOSI, 1974, p.359). Tem-se a ideia de que *Triste fim* "revelaria um autor mais maduro e mais voltado para problemas mais gerais" (BEZERRA, 2010, p.107). Por vezes, a comparação extrapola à obra do autor. Passa-se a empregá-la a Lima Barreto e Machado de Assis (BUARQUE DE HOLANDA, 1997), denotando a superioridade do último: seus tormentos, semelhantes àqueles de Lima, teriam sido dissimulados de forma efetiva, por isso Machado "triunfa na realização literária" (p.11). Parece ser desnecessário apontar para os possíveis tormentos compartilhados entre Lima Barreto e Machado de Assis. Mas é necessário apontar para a suposta necessidade de dissimulação para alcançar o triunfo em literatura: que se apague a experiência negra, para assim produzir arte legítima – ou uma que pessoas brancas possam compreender. Encaixam-se, no mesmo caso, certos elogios aos talentos negros em literatura, tendo como adendo a sugestão de certa ampliação no escopo temático – "que se pare de falar de racismo", dizem mais ou menos diretamente.

Ainda nessa mesma direção, nota-se uma tentativa de cindir o próprio *Recordações*: "há uma nota autobiográfica ilhada e exasperada nos primeiros capítulos; mas tende a diluir-se à medida que o romance progride, objetivando-se e abraçando descrições de tipos vários: o político, o jornalista, o burocrata carioca do começo do século" (BOSI, 1974, p.358). Afirma-se, também, que a concepção militante de literatura de Lima Barreto, cuja missão seria "libertar o homem e melhorar sua convivência" (CANDIDO, 1989, p.39), impedira-o de "transformar o sentimento e a ideia em algo propriamente criativo" (p.40). Assim, elogia-se o *Triste fim*, pois nele se apresentaria um ficcionista a ser admirado, enfatizando que seus "outros romances (mesmo quando o impacto é forte)" ficariam "perto demais do testemunho, do comentário, do desabafo, da conversa sardônica ou sentimental" (p.41). A literatura passa a ser algo como um artefato forjado apenas pelo imaginário, não havendo espaço, então, para a experiência, ou melhor, para certa experiência. Caso essa emerja no escrito dito literário é encarada como "um corpo estranho" (BUARQUE DE HOLANDA, 1997, p.9) a ser expurgado.

Por que se diz incompreensão? E por que se diz que há coincidência entre as críticas acerca da obra de Lima Barreto e aquelas relativas à música negra? Incompreensão porque não se responde à pergunta "por que?", "por que escrever assim?", "por que tocar dessa maneira?". Não se responde, pois nem mesmo se faz tal questão. Os critérios de avaliação já estão estética, política e moralmente determinados. Daí a crítica poder dizer que *Recordações* é um romance *à clef*, mesmo autobiográfico – quando, de fato, não o é – e, a partir de tal caracterização, poder desprezá-lo, e, ao mesmo tempo, poder elevar outras obras *à clef* de autores brancos[25]. O problema não seria, então, o gênero literário. O procedimento é similar em relação ao *jazz*: por um lado, "um saxofone alto como Paul Desmond, homem branco, produz em seu instrumento um som que pode ser quase chamado legítimo, ou clássico" e, por outro, "o melhor dos *alto-saxofonistas negros*, Charlie Parker, produziu um som no mesmo instrumento ao qual alguns chamaram de 'rouco e inculto'. Mas o som produzido por Parker *visava* a ser aquilo que ambos os adjetivos descrevem!", pois Parker "imitava literalmente a voz humana com seus gritos, arrebatamentos, grasnidos e borrões sonoros, enquanto Desmond insiste sempre em que está tocando um instrumento que constitui um artefato separado dele". Parker não admitia a "separação entre si próprio e o agente que escolhera como meio de autoexpressão" (JONES, 1967, p.39). Os metais, no *jazz*, carregam a herança da expressividade da voz do *blues*: o "som cru e bruto que o homem preto extraia desses instrumentos europeus era um som que ele cultivara neste país (EUA) por duzentos anos" (JONES, 1967, p.87). Por isso não é à toa que, ao tratar da música afro-diaspórica, se fala que ela é, também, história.

Mas por que se diz incompreensão? Talvez se fale eufemisticamente que há uma dificuldade de compreensão em relação a obras exteriores a certo grupo circunscrito estética, política e moralmente. E poder-se-ia dizer acerca das palavras de Lima Barreto o que se diz sobre as notas de um solo de *jazz*: elas existem por razões que são concomitantemente musicais (JONES, 2010, p.21). E

[25] Como mostra Lilia Moritz Schwarcz (2017) em seu *Lima Barreto*: Triste Visionário.

serão compreendidas apenas assim, concomitantemente. Tomando as palavras de LeRoi Jones (posteriormente, Amiri Baraka): tanto a música quanto a literatura negra são uma atitude, uma tomada de posição, que ocorre mesmo antes de se escrever e tocar. São modos singulares de olhar e intervir sobre o mundo: dos cantos e gritos de trabalho ao saxofone de Parker; das palavras do *griot*, para os subúrbios cariocas e, por fim, para as letras impressas de Lima Barreto.

Ora, daí dizer que tanto a escrita quanto a música são criações artísticas que abrem brechas no estado de coisas. Por isso o apreço de Lima Barreto e sua atenção voltada à música, pois ela seria "a única arte em que raramente aparece uma tentativa de criação" (BARRETO, 2004a, p.307). A perda dessa potência é o que faz o autor da Vila Quilombo dizer que "a arte musical, na nossa cidade, não dá nenhuma demonstração superior da nossa emoção, dos anseios e sonhos peculiares a nós. Limita-se a repetir, trilhando caminhos batidos. Não há invento nem novidade" (BARRETO, 2004a, p.307). E aí há algo a ser acrescentado. Pois preza-se pela criação e, também, pelo uso que se faz da música. A análise desse ponto afasta conclusões apressadas quanto ao desprezo de Lima Barreto pelas músicas e outras expressões ditas populares. A questão não é, apenas, de *locus*, mas de uso, funcionamento e efeitos. Suas considerações acerca do carnaval são ilustrativas, já que apontam para sua funcionalidade – "o ruído, o barulho, o tantã espancam a tristeza que há nas nossas almas, atordoam-nos e nos enchem de prazer"; "a zabumba é que nos tira do espírito as graves preocupações da nossa árdua vida" (BARRETO, 2004a, p.137) – como também criticam seu caminhar rumo ao empobrecimento e homogeneização – seja "aqui, em Niterói, em Belo Horizonte, em Cuiabá, etc.", "o que se canta e o que se faz são o suprassumo da mais profunda miséria mental", o "carnaval é hoje a festa mais estúpida do Brasil" (BARRETO, 2004b, p.489), "tão igual por toda a parte, que foi impossível, segundo tudo faz crer, ao subúrbio dar-lhe alguma coisa de original" (BARRETO,

2004b, p.504). Que o tantã e a zabumba espantem a tristeza, mas que o façam abalando os alicerces do presente. Que as músicas e outras performances carnavalescas ampliem a "alegria de viver", mas que sejam também protestos "contra o formalismo, a convenção e as atitudes graves" (BARRETO, 2004a, p.137).

Além de todas as nuances presentes nos escritos de Lima Barreto acerca da música, principalmente aquela dita popular, há algo mais. Que se relembre de Maria Rita, em *Triste fim*. Que não se esqueça do preto velho no porto, em *Recordações*. Lida-se, aí, com personagens que indicam algo importante: uma ligação vital – e, consequentemente, também mortificante – com a música enquanto herança, meio de criação e, também, de instrumentalização. Não é por acaso que o preto velho canta e toca seu instrumento improvisado perambulando por um porto no Rio de Janeiro, enquanto Isaías e outros integrantes do jornal esperam a chegada de um português. Também não é ignorável o fato de, no trajeto para a casa de Maria Rita, lembrada por seu conhecimento e habilidade musical, Policarpo e Albernaz passarem pelos arredores da Fazenda Santa Cruz, latifúndio que até o século XVIII encontrava-se sob domínio dos jesuítas, onde contavam-se milhares de pessoas escravizadas para garantir a exploração econômica da área para a Ordem. A fazenda se configurava, também, como "uma espécie de conservatório de música" destinado a "formar negros" (BALBI, 1822, p. CCXIII). Configuração que perdura com a expulsão dos jesuítas e passagem de seus bens à Coroa, modificando-se, apenas, de algo aos modos de um conservatório para uma escola mais modesta cujo objetivo seria ensinar a *artinha* para aqueles que seriam os músicos de banda (TINHORÃO, 1972). Nesse sentido, se não foi despropositadamente que se falou em herança e criação, também não o é quando se fala em instrumentalização. A música não parou de ser utilizada enquanto instrumento de formação: de cristãos *e* de mão de obra, explorada nos campos, nas casas e nas bandas musicais. Mas não só isso. O que Lima Barreto mostra em *Triste fim* e em *Clara dos Anjos* é algo como um agenciamento formativo, um processo incessante e repetitivo que constitui Ismênia e Clara.

Não se fala em constituição sem motivos, pois há uma verdadeira passagem de uma segunda natureza à primeira. No caso de Ismênia isso é explícito: desde criança escuta a mãe dizer que é necessário aprender algo para estar preparada para a vida matrimonial e ao crescer não para de ouvir a pergunta: "afinal, quando se casa?". Assim, "a menina foi se convencendo de que toda a existência só tendia para o casamento" (BARRETO, 1997b, p.38). Se ouvir e responder a questão acerca do matrimônio é um hábito; se se preparar para a vida de casada é um costume; se inicialmente se trata de uma segunda natureza, quando o casamento não ocorre e Ismênia adoece e morre, vê-se que tal agenciamento formativo faz com que essa segunda natureza passe à primeira. E a música é, na casa de sua família, elemento nesse agenciamento. A música emerge como mais um ato que compõem as festas da casa do general Albernaz, pai de Ismênia. Atos que cumprem a função de "chamar atenção sobre sua casa, atrair gente e... casar as filhas" (BARRETO, 1997b, p.31). A música é algo como um elemento de ambientação que garante a reprodução de apenas uma forma de vida. Nesse processo, a música acaba por se desvitalizar, tornando-se redundante com tal forma de vida. Que se lembre que Albernaz vai à casa de Maria Rita, uma ex-escravizada, para tentar *extrair* dela canções para animarem uma de suas festas. E que não se esqueça: Maria Rita, após falar que não se recorda de nenhuma canção, faz questão de lembrar a Albernaz que tais canções são do tempo do cativeiro e pergunta-o sobre os motivos de as querer: "É para uma festa... Qual é a que você sabe?" (BARRETO, 1997b, p.30), ele a responde. Não importa o que essas músicas carregam. Mesmo que, concomitantemente, sustentem as marcas da desumanização do cativeiro e da potência vital que garante uma brecha de vida num ambiente de morte, sua extração, verdadeira expropriação, significa o sepultamento de sua história, pois tais músicas passam a girar ao redor de um modelo de vida, a reafirmá-lo incessantemente e, daí, sua "nova" difusão funciona como uma sedução, um canto de sereia (é esse canto que seduz a alma amolecida, a natureza pastosa de Clara).

Há algo mais. Já se disse, aqui, que tal modelo é vazio. E, em seus livros, Lima Barreto não parou de mostrar isso com as personagens que estariam mais próximas desse modelo: vê-se um fundo de insatisfação, desalento e exasperação. Algo como um desespero basilar sobre o qual tal modelo se sustenta. Os títulos e as honrarias, os ritos e as festas, as profissões e as funções, as hierarquias e as distinções, elementos cambiantes, a serem perseguidos, para garantir uma maior proximidade ao nada modelar. Dessa maneira, se a música, mas não só ela, desempenha a função de aproximar, manter a proximidade e seduzir em direção a um modelo, sub-repticiamente essa busca pela extração da música[26] e de outros elementos que se mostram, em outros lugares, vitais, é signo de um desespero generalizado. Trata-se aí de tentar se agarrar a um fragmento de vida, por menor que ele seja. É o que se vê da reação da família de Albernaz ao ouvir Ricardo tocar e cantar. "Houve em todos um desejo de sentir, de sonhar, de poetar à maneira popular dos velhos tempos" (BARRETO, 1997b, p.28). Desejo que impulsiona o general e o faz acossar Maria Rita. E o fato da "preta velha" (p.28) resistir e não dar ao general o que ele procura, mesmo sendo ele seu antigo senhor, é sinal de algo. O fato de se apontar para um aprendizado de Clara, aprendizado que só pode ocorrer com a superação de sua "alma amolecida", também é sinal de algo.

O que se vê é que a formação, a constituição enquanto *seres--para-servir*, nunca é completa – sendo, mesmo assim, muito danosa. Não é completa, pois ela não impede o enriquecimento de um universo referencial que torna possível que, mesmo em condições

[26] É como se tudo voltasse a correr como em uma caçada. Assim se vê no conto *Beatmaker* blues, no qual olheiros com o auxílio de policiais percorrem as ruas das favelas da zona norte carioca para capturar talentos, "levá-los para o abate" (VASCONCELOS, 2017, p.14), já que servirão, apenas, de matéria bruta para o sucesso dos "diplomados da zona sul".

redutoras e hostis, se possa criar e se possa viver. Por meio de brechas, em becos, faziam-se – e fazem-se – mundos se abrirem, mesmo se produzirem. Música popular é a que fortalece, até mesmo cria, um povo. Nesse sentido, sabe-se "que a música foi o derivativo principal que os africanos tiveram no exílio da América" (ANDRADE, 2015, p.139), pois em toda a América escravista, foram os aspectos mais abstratos dos modos de vida africanos que puderam florescer (JONES, 2009). Por isso falar em herança e em ruptura. Há persistência *e* complexificação, continuidade e criação. Daí não se poder dizer que certos elementos de modos de expressão africanos (e indígenas) *sobrevivem* na chamada música brasileira. Não há sobrevivência. Há, sim, florescimento. Há uma força vital que, por um lado, provê a renovação desses diversos modos de existência e, por outro, entre as entranhas da música como instrumento de sedução, passa a *reger* o que se conhece como música popular no Brasil. Nesse sentido que o impulso para tentar se agarrar a um fragmento de vida, mesmo minúsculo, pode se configurar como uma verdadeira linha de fuga. A formação também não é completa junto a quem está mais próximo do modelo vazio.

Mas que se lembre: tal trabalho de formação – sempre incompleto – perdura. A homogeneização e o empobrecimento do carnaval, por exemplo, assim como a responsabilidade da imprensa nisso, aspectos já apontados por Lima Barreto (2004b), são pontos a serem tratados[27] por aquelas pessoas que têm no samba e no Carnaval meios expressivos vitais. O mesmo pode ser dito sobre o *rap*, sobre o *jazz*, sobre o *funk* e muitos outros estilos musicais, muitos outros meios expressivos, como a literatura, que já existem e que virão: *it's bigger than the hip hop*, já o disse *dead prez* (2000). Isso é maior que a música, maior que a literatura. É maior, pois há, necessariamente,

[27] "Nas últimas duas décadas do século XX, a interferência da TV provocou uma relativa imposição do modelo carioca não só para São Paulo, mas para todo o país. A imagem, exportada via TV para as outras regiões brasileiras, tornou padrão o carnaval do Rio em termos de fantasias, evolução, composição, enredo, interpretação vocal e padrões de beleza ancorados na celebridade com perfil étnico branco" (AZEVEDO, 2018, p.54).

uma ambivalência com a qual se deve lidar: a arte enquanto meio de vitalização *e* de desvitalização. O ponto é, exatamente, ver a arte com a óptica da vida (NIETZSCHE, 2007). Produzi-la e avaliá-la com o critério da vida. Foi o que Lima Barreto não parou de fazer.

LITERATURA E DESTINO

É tempo de falar o mais diretamente possível: há, no projeto de Lima Barreto, um objetivo – a felicidade e satisfação da humanidade; um princípio – o anarquismo; um meio – a literatura. Que se tente traçar um caminho reto ao responder uma questão: como a literatura funciona? Ela contagia, solda as almas, ela faz girar uma espiral: aquela de ideias e de sentimentos, transmutando umas nos outros e esses naquelas. Por tal processo, a literatura dá novos contornos à humanidade: "orientada para o ideal imenso em que se soldem as almas, aparentemente mais diferentes, reveladas, porém, por ela, como semelhantes no sofrimento da imensa dor de serem humanos"[28], a "arte literária se apresenta com um verdadeiro poder de contágio que a faz facilmente passar de simples capricho individual para traço de união, em força de ligação entre [a humanidade]" (BARRETO, 2017, p.275). A literatura é um meio, e tal é seu funcionamento. E assim o sendo, nada é garantido. Se há um objetivo, um destino – a felicidade e a satisfação da humanidade – é necessário um guia, um princípio – o anarquismo – para dele se aproximar. Portanto, há de onde se afastar: uma espiral em direção ao nada. Espiral da norma, da forma e da pessoalidade.

[28] Que se antecipe os contatos e se leia um pequeno trecho: "A ideia de humanidade repousa sobre a solidariedade fatal, natural de todos os homens entre si" (BAKUNIN, 2008. p.37).

Tal espiral é visível em *Recordações do escrivão Isaías Caminha*. Ao descrever os literatos do jornal, o narrador pontua que esses são "curvados aos fortes e às ideias vencedoras" (BARRETO, 1961a, p.120). Delineia-se, assim, uma escrita que se configura como uma saudação à "história dos vencedores" e, ao mesmo tempo, a uma identificação como herdeiros e herdeiras dessa história – seja tal identificação justificada por meios genealógicos ou não. Tal saudação e identificação movimentam um jogo de aproximações, trações e afastamentos no campo social, político e subjetivo. Mas não só isso. O que se faz ver é o espraiamento do vazio, algo como uma colonização do imaterial pelo nada[29], uma tomada dos relevos e profundidades por uma superficialidade lisa dos emblemas.

Não importa tanto se é um jogo superficial, de aparências, como se poderia crer ao ler a descrição do método utilizado por Armando, em *Triste fim*, para a escrita do "clássico", que se repita, "escrevia de modo comum, com as palavras e o jeito de hoje, em seguida invertia as orações, picava o período com vírgulas e substituía incomodar por molestar, ao redor por derredor, [...] e assim, obtinha o seu estilo clássico" (BARRETO, 1997b, p.131). O que parece importante é que há consequências concretas desse jogo. De modo mais preciso, lida-se com um jogo de forças que tende, ao mesmo tempo:

[29] A força, à qual se curvam os literatos, é a do vácuo. É o vazio que suga. Há um momento no qual Lima Barreto torna essa generalização do nada, na e pela escrita, explícita: quando Isaías descreve o charadista e o cronista esportivo do jornal *O Globo*. Ambos são desprezados por repórteres, redatores e os literatos em geral. No entanto, tanto uns quanto outros são caracterizados pelos mesmos termos e expressões. Daí o motivo de cronista esportivo e charadista merecerem "observações especiais e estudo à parte" (BARRETO, 1961a, p.164), pois tornam visível a pobreza generalizada do mundo, hegemônico, das letras, representado pelos jornais: "Não há nada mais enfadonho que uma crônica de corridas. Quem lê uma, lê todas" (p.165); sobre os jornais: "Guiados pelas mesmas leis, obedecendo quase a um único critério, todos eles se parecem; e, lido um, estão lidos todos" (p.178). O charadista: "tenaz fabricante de quebra-cabeças" (p.166). As notícias nos jornais são escritas "jogando com as palavras como um malabarista hábil" (p.173).

a homogeneizar os campos social, político e subjetivo por meio de um hetero e/ou autoencarceramento em certo modelo de expressão e de existir (o modelo vazio de *maioria*); a estabelecer uma cadeia hierárquica a partir do grau de efetivação dessa homogeneização. Talvez tudo fique mais nítido ao seguir as palavras de Lima Barreto acerca da dor da escrita: quando as "cousas vêm ao cérebro, vemo-las bem, arquitetamos a frase, e quando a tinta escreve pela pauta afora – oh que dor! – não somos mais nós que escrevemos, é o Pelino Guedes" (BARRETO, 1956a, p.134), diretor-geral da Diretoria da Justiça, com o qual Lima Barreto teve que lidar para conseguir a aposentadoria de seu pai. Que se recorde: Pelino Guedes é tomado como um dos representantes de uma atividade de sufocamento da vida e da criatividade, por meio de um sadismo de burocrata: o privilégio dos documentos e da gramática sobre a humanidade (BARBOSA, 2017).

A radicalidade dessa atividade é ilustrada, em detalhes, por meio de Lobo[30], personagem de *Recordações*, responsável pela correção gramatical do jornal *O Globo*. Por tal personagem se traz à luz o caráter multidirecional dessa atividade, que afeta, inclusive, os porta-vozes da norma. A "língua é uma cousa sagrada", diz Lobo, já o que se fala e se escreve é, geralmente, "[u]m inferno" (BARRETO, 1961a, p.189). Para manter tal sacralidade, enquanto gramático do jornal, Lobo "[n]ão admitia equivalências, variantes", institui, assim, "um código tirânico" (p.229). Código que é, o narrador diz, "uma espécie de colete de força em que vestira as suas pobres ideias e queria vestir as dos outros" (p.229). A norma faz convergir em si, soterrando-os, forma e conteúdo. E, talvez, o ponto ao qual é preciso mais atenção não seja aquele de que a norma é arbitrária ou convencional, mas sim que é vazia. Ela funciona, então, como um vácuo cuja força de sucção torna-se mais forte à medida que o ar fica mais rarefeito. Quando se pensa que se está indo em direção à

[30] O caso de Xisto Beldroegas, em *Vida e morte de M.J. Gonzaga de Sá*, também é ilustrativo: "Notava muito a sua necessidade espiritual da fixação, da resolução em papel oficial de tudo e todas as coisas" (BARRETO, 1961b, p.143).

origem, à língua em si, ruma-se ao nada. O inferno não é o caos da "amálgama, [essa] mistura diabólica de galicismos, africanismos, indianismos, anglicismos, cacofonias, cacotenias, hiatos, colisões" (p.189), como acredita o gramático, mas sim o vazio da norma.

De modo tirânico, a norma aprisiona. E o faz não apenas em relação à língua, mas ao próprio sentir, pensar e se relacionar, ou seja, aos campos subjetivo, político e social. E o destino de Lobo torna isso explícito: "enlouquecera e estava recolhido ao hospício. A sua mania era não falar e nem ouvir. Tapava os ouvidos e mantinha-se calado semana inteira, pedindo tudo por acenos", até que o médico lhe pergunta o motivo para esse seu modo de agir: "explicou, a muito custo: Isto não é língua... Não a posso ouvir... Tudo errado... Que vai ser disto!"; ainda não satisfeito, o médico questiona o porquê de Lobo não falar. E obtém sua resposta: "Os erros são tantos, e estão em tantas bocas, que temo que eles me tenham invadido e eu fale esse calão indecente..." (BARRETO, 1961a, p.280). Por fim, Lobo agride outro interno. O motivo: o outro não reconhecer que aquilo que Lobo acabara de ler em voz alta era português arcaico, que seria, segundo o gramático, o português *em si*. Após a agressão, Lobo acaba em camisa de força – agora também fisicamente.

Se, por um lado, em seu movimento mais radical, a norma soterra forma e conteúdo; há, por outro lado, um movimento mais capilar, mais cotidiano, no qual a forma ganha precedência. Se Lobo é, em *Recordações*, a personagem que permite uma análise sobre e uma crítica à norma enquanto código tirânico; Floc, o crítico literário d'*O Globo*, emerge como personagem que possibilita a análise e a crítica em relação a uma força extralinguística que torna redundantes forma social e forma literária.

Floc, segundo Isaías, "confundia arte, literatura, pensamento com distrações de salão", para "ele, arte era recitar versos nas salas, requestar atrizes e pintar umas aquarelas lambidas, falsamente melancólicas" (BARRETO, 1961a, p.182). Além disso, o narrador afirma que o crítico "tinha [...] dois princípios: a aristocracia da arte e a fulminação dos nulos" (p.183), pormenorizando que aristocracia da arte não quer dizer a arte feita por quem melhor a faz, mas, simplesmente, pela arte feita pelos aristocratas, como o próprio Floc se considera. E sobre o trabalho de crítica feito pela personagem, Isaías sintetiza: as "suas regras estéticas eram as suas relações com o autor" (p.183). O que se apresenta é, assim, uma forma social que determina uma forma de expressão, e essa, por sua vez, age para e sobre a manutenção daquela. Trata-se de redundância. Parece pertinente afirmar, portanto, que Lobo e Floc são duas cabeças de um mesmo monstro: por vezes colidem, atacam-se, mas trabalham na manutenção de uma mesma ordem, um mesmo estado de coisas, daí alimentam-se e sobrevivem.

Tal é o ciclo de redundância: norma e forma social que esmagam as possíveis fugas criativas na escrita e, concomitante, as normas e formas de escrita que acabam por direcionar, ou melhor, conformar o campo social. Ao dizer norma e forma social tenciona-se tornar explícito seu caráter predominante, ou mesmo determinante, em relação ao que poderia se dizer um conteúdo ou significado social. Ao enfatizar a predominância dos títulos, das formalidades, das aparências, Lima Barreto torna explicita tal determinação, ou seja, a questão não é que há algo subjacente a essa superficialidade, mas que a própria superficialidade rege e dá forma à tudo, e ao fazê-lo determina seu conteúdo e faz girar o ciclo de redundância. Nesse sentido que pode ser entendida sua crítica à literatura feita majoritariamente, "uma literatura estreitamente pessoal" (BARRETO, 1956c, p.100). E sobre tal literatura, talvez aqui se possa fazer, adequadamente, um de seus personagens, Gonzaga de Sá, falar por Lima Barreto:

> é uma continuação do exame de português, uma retórica mais difícil a se desenvolver por este tema sempre o mesmo: Dona Dulce, moça de Botafogo em Petrópolis, que se casa com o Doutor Frederico. O comendador seu pai não quer, porque o tal doutor Frederico, apesar de Doutor, não tem emprego. Dulce

> vai à superiora do Colégio das Irmãs. Esta escreve à mulher do ministro, antiga aluna do colégio, que arranja um emprego para o rapaz. Está acabada a história. É preciso não esquecer que Frederico é moço pobre, isto é, o pai tem dinheiro, fazenda ou engenho, mas não pode dar uma mesada grande. Está aí o grande drama de amor em nossas letras, e o tema de seu ciclo literário (BARRETO, 1961b, p.134).

E não é a toa que se fala em *pessoalidade*. Que se repita e complemente: a norma e a forma sociais esmagam as possíveis fugas criativas na escrita; as normas e formas de escrita acabam por conformar, ao mesmo tempo, o campo social e subjetivo; a *pessoalidade* nada mais é do que o resultado, dado em alguém, desse ciclo. A *pessoalidade* pode ser entendida como um aplanamento, uma amputação das arestas subjetivas, habituais e relacionais, fazendo com que alguém se encaixe, qual uma peça de quebra-cabeças, no campo presente. Extirpa-se o que há de singular em prol de uma integração plena. E talvez o que mereça mais atenção é o fato de tal extirpação/integração produzir e depender de algo como um autogerenciamento relacional, ou seja, qualquer "encaixe" com outras pessoas, objetos, seres, com o mundo, só pode ocorrer dentro das opções dadas. Daí se dar algo como uma sobrecarga do *eu*. Olga, afilhada de Policarpo, resume bem tal sobrecarga ao criticar a postura de Armando, seu marido, o escritor de clássicos: "É isso! *Eu*, porque *eu*, porque *eu*, é só eu para aqui, *eu* para ali..." (BARRETO, 1997b, p.172). Lida-se aí com uma adesão radical à integração, no sentido de que a afirmação do *eu* é sinonímia da afirmação dos elementos necessários a essa integração – que vão de elementos supostamente mais alcançáveis, como títulos, cargos e ligações políticas, até os menos, como a cor da pele. Mas tal afirmação é também critério de julgamento. Todas as relações se darão a partir desse veredito. Por isso que, mesmo que haja uma sobrecarga do *eu*, isso não quer dizer que não haja subserviência, pois trata-se de fazer desse *eu* o mesmo que o lugar que se ocupa graças a essa integração. Lugar constituído, sobretudo, pelas relações de quem pode ordenar e quem deve obedecer, quem pode liderar e quem deve seguir, quem pode "produzir" e quem deve imitar. O que Lima Barreto mostra com Lobo e Floc é um dos efeitos da hegemonia da norma, da forma e da pessoalidade: o espraiamento, sub-reptício, do desespero. Pois tal hegemonia é, nada mais, do que a colonização dos campos social, político, subjetivo e relacional pelo vazio. É a generalização do desespero.

Uma saúde

É em busca de cura para tal desespero que Lima Barreto busca construir sua obra. Se a literatura pode ser veneno, ela pode ser também remédio. A literatura é uma saúde. Por isso diz: como "todo romancista que se preza, eu tenho amor e ódio pelos meus personagens" (BARRETO, 1956b, p.33). E todas essas personagens são necessárias, as que se ama e as que se odeia. E há um motivo importante, mesmo vital, para tal afirmação. É possível conhecê-lo quando se olha, novamente, para as principais críticas à obra do autor, pois a questão é, justamente, acerca da relação entre literatura e vida. E Lima Barreto (2010b, p.46) sabia disso: "Ah! A Literatura ou me mata ou me dá o que eu peço dela". Que se repita: a literatura é uma saúde (DELEUZE, 2011).

Essa convergência *literatura-saúde* se dá por meio de uma atividade: alguém, por meio dos elementos que lhe são disponíveis (mesmo que sejam poucos e neles estejam inclusos os acasos, as doenças, as substâncias, os atos involuntários, as necessidades, as recordações), compõe para si, por meio do ler/escrever, um território que pode se dizer seu, algo como uma terra da qual brota um modo de existir no mundo. Trata-se aí de uma decisão. Talvez, nesse sentido, se possa falar mesmo em um manejo existencial[31]. Bem,

[31] A "origem" da expressão é tripartite. Ela deriva, por uma parte, da leitura do trabalho de Paula Colares (2019) acerca do modo de vida dos Ashaninka do rio Amônia a partir do momento que veem seu território restrito e, assim, veem limitados os elementos que devem dar suporte às suas vidas. Perante tal restrição e tal limitação, os Ashaninka passam a articular modos tradicionais com modos ditos modernos de manejo de espécies animais e vegetais. Criam, portanto, um modo de vida Ashaninka novo *e* tradicional. Por outra parte, a expressão está ligada à crítica de Abdias Nascimento (2017) ao que se compreende hegemonicamente como *sincretismo*. Não se trata de mistura, a partir de condições de espontaneidade e liberdade, entre elementos de origens díspares. Trata-se de uma atividade de resistência por parte do *povo negro* no Brasil para manter vivo seu universo imaterial. Por último, a outra face da qual nasce a expressão é a vida das pessoas em situação de rua, especificamente em cenas de uso de crack, como vista em seu encontro com o Consultório na Rua, equipe do Sistema Único de Saúde (SUS). Não apenas o *garimpo*, atividade de procura de materiais recicláveis para a venda, mas uma multiplicidade de atividades que tornam a vida possível – mesmo diante de uma gama de ações (da polícia, da milícia, do tráfico, da "sociedade", por vezes

manejo não é uma palavra bonita, mas se mostra adequada, por fazer ver um estado de coisas que impõe uma situação de restrição na qual indivíduos, comunidades, povos, precisam lidar, face a face, com o escasso e com a finitude (nesse sentido, a loucura e a bebida entram aí como elementos a serem manejados). Se há pouco com o que se pode lidar, lida-se com esse pouco da maneira que se pode, fazendo com o que o pouco se renove, chegue quase a se transmutar, fazendo que do pouco nasça o novo.

Ao se afirmar, por um lado, uma capacidade criativa que beira o infinito, visível na diversidade, na riqueza e na alegria de modos de existir, mesmo em condições próximas da miséria, por vezes efetivamente nela; se aponta, por outro, uma realidade que tende à multiplicação da miséria econômica, social e subjetiva, cuja consequência é, dentre outras, a quase limitação da capacidade criativa desses indivíduos, comunidades e povos a transformar a impossibilidade imposta em uma vida possível. Daí se lembrar, no *Recordações*, do instrumento criado pelo preto velho, das histórias europeias introjetadas com feitiçarias pela preta velha, do modo pelo qual a amargura, a decepção e os poucos meios de expressão passam a ser, para Isaías, elementos com os quais ele pode manter, por certo tempo, sua trajetória em direção a algo diferente daquilo que sua *integração* requer. Tem-se um meio que impõe impossibilidades de criação, de expressão, em suma, de existir além daquele vazio. A mãe de Isaías sabe disso, sabe que há algo como um violento dispositivo de detecção e apagamento das diferenças tanto dos corpos quanto das almas. Por isso lhe dá um conselho: "não te mostres muito, porque nós..." (BARRETO, 1961a, p.57). Daí ser possível intercambiar os termos saúde e manejo existencial. Pois, trata-se de práticas existenciais e, portanto, de atos de expressão. Tem-se aí uma linha que conecta, desde já, saúde à ética, à política e à estética. Ou seja, a saúde, essa atividade tanto individual quanto coletiva, liga-se, logicamente, aos

---

"isoladas", por vezes associadas) que tendem à imposição da impossibilidade de vida (Araujo, 2017).

meios, e aos impedimentos, para ela ser concretizada, assim como aos modos segundo os quais os processos individuais e coletivos dessa atividade se afetam, positiva ou negativamente. A composição de um certo modo de existir no mundo implica, portanto, a criação de um mundo.

E quanto a Lima Barreto? Não basta dizer que *Recordações do escrivão Isaías Caminha* é a narração, pela boca do protagonista, do modo como o autor traçou a própria vida. Não é suficiente dizer: Isaías Caminha é Lima Barreto. Há outro procedimento aí, pelo qual, ao construir uma personagem, Lima Barreto traça para si uma existência virtual. Por isso é correto dizer que tais criações, assim como seus pseudônimos, são máscaras (CORREA, 2016). Não no sentido de um artifício de distanciamento, de preservação de uma identidade real, mas como um modo de se traçar em pontilhado. Jogar-se no passado e no futuro, e, de alguma maneira, prová-los. Aí se encontra, também, o perigo. Pois não se trata de algo sem efeitos concretos, algo, como se diz, meramente imaginário. Dessa forma, por meio das personagens enquanto máscaras, foge-se da mera história, ou projeção, pessoal. Coletiviza-se a narrativa. O testemunho, por meio da máscara, torna-se *despessoalização.*

As personagens de Lima Barreto são objetos-sujeitos por meio dos quais o autor não cai no abismo, principalmente aquele produzido na Primeira República para a população negra. E, nesse sentido, não só para quem escreve, mas também para quem lê e se encontra, também, à beira do abismo escavado pelo racismo. As personagens são, concomitantemente, produtos desse flertar com o abismo, são guias que o tangenciam. Por isso dizer que são componentes a partir dos quais o autor pode dar consistência a sua existência. As personagens funcionam, mesmo, como meios de individuação. Ao mesmo tempo, suas personagens são dotadas de certa autonomia (como já propôs Félix Guattari, em algum lugar, acerca de personagens literários: talvez possa-se falar em proto-subjetividades), por isso poderem funcionar, também, em relação a quem lê. Sendo assim, são flechas de abertura, vértices de *desindividuação*. Individuação e desindividuação que, desde já, dizem respeito a um povo: *o negro*. Mas não só. Sendo vértices de abertura, "ofertam-se", por um lado, como fuga do modelo vazio de *branquitude*, inclusive para aqueles e aquelas a ele mais próximos; por outro, como um ponto de encaixe, de vínculo, por meio do qual tudo que está envolvido pode se enriquecer, se transformar. Que se lembre, a relação entre *povo* e humanidade é de *chamado-resposta*. Por isso que se trata de literatura universal.

Literatura universal

Mas o que seria essa literatura universal? Uma literatura que tende para humanidade toda. E o que quer dizer tende? Primeiro, não se trata de encarar a humanidade enquanto totalidade, cerrada em um ciclo redundante, mas enquanto processo e enquanto problema. Sendo assim, Lima Barreto fala das pessoas mantidas nas fronteiras da humanidade, as pessoas negras. São pretos e pretas velhas, adultos e crianças, homens e mulheres, mestiços e mestiças, pessoas empobrecidas ou buscando os caminhos para sair, -manter-se fora e/ou não cair na miséria. Ao escrever Lima Barreto responde a um chamado, e ao respondê-lo, participa da constituição de um povo. Processo pelo qual tanto povo quanto autor singularizam-se, em solo e coro. Trata-se aí, portanto, de saúde popular. Mas fala-se, também, das pessoas brancas e das consequências para essas da manutenção de um certo *ethos* vazio que pode ornamentar a vida, alçando-as ao topo de uma hierarquia cujas consequências são mais que concretas – estando, entre elas, o desespero, efeito da produção desse vácuo existencial (que se lembre, nesse sentido, da descrição das classes altas brancas dos subúrbios). Nesse sentido, cabe dizer o óbvio: a literatura barretiana também se dirige às pessoas brancas, principalmente por ir de encontro ao *ethos branco.* Ao escrever, Lima Barreto faz ver o sufocamento produzido pelo racismo; e se ele passa a criar um testemunho literário, mesmo uma dita confissão, em um meio que lhe retira o ar, que lhe impõe impossibilidades de viver, torna visível, com a riqueza de sua criação, a miséria generalizada, criada pelo e no estado de coisas vigente. Se há miséria material imposta a um número imenso de pessoas; há também miséria existencial autoimposta. É uma questão de saúde global.

Não é por acaso que se fala em ethos branco: não se trata apenas de hábitos, costumes, normas, mas de uma morada, uma guarida. O ethos branco é, sobretudo, um ponto elevado no qual se está protegido e de onde se pode atacar. Agora, sim, se pode chegar ao ponto de repouso da espiral. Pois se foi dito algo sobre norma, forma e pessoalidade, alguma coisa ainda falta. Estes são três elementos que constituem isso que se chama de ethos branco. Que se recorde: ethos é, ao mesmo tempo, hábito, costume, caráter. Lida-se com algo que seria como uma segunda natureza. Uma segunda natureza que se mostra uma disposição derivada da primeira – *physis*. Hábito, costume e caráter seriam construídos, e só o poderiam ser, sobre um solo apropriado e a partir dos materiais já dados. Todo o racismo científico deriva-se daí – a determinação, pelo biológico/genético, da moral e da cultura. Ponto importante a ser notado é que tal espiral – norma, forma, pessoalidade – não depende de uma base natural. Pois ela passa a constituir algo como uma primeira natureza. O *ethos* se impõe sobre a *physis*. E sabe-se que *physis* pode ser compreendida como natureza e, também, como o todo. Ethos também pode ser entendido como morada, tanto como habitação de si mesmo, como em seu sentido mais concreto, lugar de residência e proteção. O ponto mais alto, a utopia, da espiral – cujo ethos branco é ponto de repouso – é a transformação do todo em sua casa e guarida. Mas que não se esqueça: o que Lima Barreto torna evidente é que o resultado dessa espiral é o espraiamento do vazio e, consequentemente, do desespero. O que se mostra dessa busca de transformação do todo em casa e guarida, o que se vê como resultado concreto dessa espiral é um processo de desertificação total.

Lima Barreto não faz, portanto, romances pessoais, que dissimulam a narração da vida do autor por meio de uma ficcionalização fraca. Pois, como se viu, a partir da problematização do que poderia ser dito "particular" ou "local", problematiza-se um estado de coisas mais amplo, global. Portanto, o trabalho sobre o dito "local" ou "particular" é já o trabalho de construção da humanidade enquanto o traçar de conexões possíveis; mesmo o traçar de conexões com o universo: a humanidade enquanto abertura, enquanto terminal, no qual linhas díspares culminam, onde ligações ganham consistência, para logo se dispersarem em direção ao universo, ao abismo, ao caos. Vê-se um movimento de chamado-resposta entre humanidade, caos e universo. Por isso a necessidade de atenção, preparação, de ensaios-obras abertas. Não é à toa que se diz, e que se repetirá: "...estamos fazendo os ensaios do que será a humanidade" (SANTOS, 2006). Por isso literatura universal. E, como diz Lima Barreto, a humanidade "por intermédio da Arte, não fica adstrit[a] aos preceitos e preconceitos de seu tempo, de seu nascimento, de sua pátria, de sua raça; el[a] vai além disso, mais longe que pode, para alcançar a vida total do Universo e incorporar a sua vida na do Mundo" (BARRETO, 2017, p.279). Dentre as artes, a literatura, "não cansada de ligar as nossas almas, umas às outras, ainda nos liga à árvore, à flor, ao cão, ao rio, ao mar e à estrela inacessível; ela nos faz compreender o Universo, a Terra, Deus e o Mistério que nos cerca, para o qual abre perspectivas infinitas de sonhos e de altos desejos" (BARRETO, 2017, p.280). Há um traçado incessante entre o singular e o universal. Ou talvez a fórmula seja outra: singularização = cosmurgia.

Lida-se ao mesmo tempo, portanto, com conexão e, por isso mesmo, com problematização da humanidade enquanto dado. Parece ser necessário ir, novamente, às palavras de Vicente Mascarenhas, protagonista do romance inacabado *Cemitério dos Vivos*: "o meu pensamento era para a humanidade, para a miséria, para o sofrimento, para os que sofrem, para os que todos amaldiçoam" (BARRETO, 2010b, p.208). Trata-se de ir até aqueles e aquelas amaldiçoados pela humanidade para fazer com que ela mesma possa se desvincular dos modelos vazios de humano. Modelos que esvaziam toda a vida, inclusive de seus entusiastas. Para falar de humanidade e para a humanidade é preciso tapar os ouvidos, evitar o canto do humano dito ideal (e, por isso, vazio). E, nesse caso, tapar os ouvidos não é algo simples, pois é algo como fazer "'tábua rasa' no regímen social e político que nos governa" (BARRETO, 2004b, p.535).

O testemunho e o manejo do existir daqueles que "todos amaldiçoam" são os meios através dos quais a humanidade pode escapar da maldição da miséria material e imaterial – da homogeneização, do isolamento e do vazio existencial. E se Goethe propõe, em uma de suas conversas com Eckermann (1990), a abertura da literatura para o mundo partindo do ideal grego; Lima Barreto, por sua vez, afirma a mesma abertura, conectando-a a necessidade de combater, inclusive, tal ideal. O que não quer dizer abrir mão da produção grega (afinal, mais de uma vez, Lima Barreto a usa), mas sim de sua instituição enquanto modelo.

Das margens, daí que se parte. Vicente Mascarenhas já o disse: parte-se das fronteiras da humanidade, de suas franjas amaldiçoadas, dos caminhos mais distantes em relação àquele imposto por certo ideal, pois neles se veem os efeitos mais concretos dessa imposição. Mas aí deve-se ter atenção. Já que há um certo poder de colheita próprio aos habitantes dessas fronteiras: colhe-se, desses ideais, o que ainda pode haver neles de vida.

E há uma margem específica da qual Lima Barreto parte. Em seu *Diário Íntimo*, em uma entrada de 1903, ele afirma: no "futuro escreverei a *História da Escravidão Negra no Brasil* e sua influência na nossa nacionalidade" (BARRETO, 1956c, p.33). Ainda se propõe, em 1905, a fazer um romance que fosse capaz de descrever a vida e o trabalho das pessoas negras em uma fazenda, algo como um *Germinal Negro*. Logo ele prevê uma reação: desse projeto diriam que é "negrismo"[32] (p.84), ou seja, idealização do negro, como o foi o "indianismo" em relação aos indígenas. Não se idealiza, mas parte-se do negro – como também de outros habitantes das "margens" – para arrastar toda a humanidade, arrancando-a do vazio.

Mas Lima Barreto não escreve essa História da Escravidão Negra no Brasil. Também não escreve seu Germinal Negro. Não. Não escreve, pois são como ensaios de projetos. Oferecem-se muito mais como guias de escrita e, enquanto tais, guias de leitura do mundo. Ou seja, não fecham horizontes, mas possibilitam que se veja por outras perspectivas. E, nesse sentido, são também materiais. Componentes que guiam, mas sobretudo, são usados e modificados, dando corpo à obra. São ideias. E, sabe-se, há uma espiral próprio à literatura, como compreendida por Lima Barreto, de ideias e sentimentos. Por isso, não escrever uma História da Escravidão e voltar-se para um romance. Mas esse também não foi escrito. Por quê? Pois, "só temos futuro. E é dele que a nossa literatura deve tratar" (BARRETO, 2017, p.129). Criar possibilidades de futuro, tal é o objetivo. Ao analisar o estado de coisas, Lima Barreto não para de expor tanto a continuidade dos efeitos da escravidão

[32] Ressalta-se que se parte do pressuposto que Lima Barreto não se refere ao movimento artístico chamado Negrismo, mas, sim, utiliza o termo como idealização sobre as pessoas negras, como indianismo seria sobre as pessoas indígenas. "Dirão que é o negrismo, que é um novo indianismo..." (BARRETO, 1956c, p.84), tal é a frase de Lima.

quanto os modos a ela análogos. Daí a amargura e o sofrimento em relação ao presente: tal é a herança dos *senhores*. Mas que se lembre: a amargura e o sofrimento passam a ser elementos de uma atmosfera mais ampla que nutre a criação, essa última força motriz para um futuro possível – herança de *seu povo*. Não é à toa a presença de pretos e pretas velhas em seus romances. Presença que aponta, concomitantemente, para a atrocidade dos sequestros e do regime de escravidão, e para a força e a criatividade dessas personagens. Em *Recordações*, um preto velho que parece um fantasma, mas perambula cantando e tocando um instrumento por ele criado; Tia Benedita, que contava histórias oriundas da Europa, mas o fazia enriquecendo-as com elementos de feitiçaria, de forças poderosas e misteriosas e de combates diversos. Que se lembre também de Maria Rita, em *Triste Fim*, preta velha cujo canto e a memória de antigas canções fazem-na ser lembrada e importunada pelo antigo *senhor*, que parece tomá-la como uma passiva fonte de material folclórico. Entretanto, tudo se passa como se Maria Rita improvisasse sobre o tema da passividade, fingindo esquecer das canções e, por fim, oferecendo canções de ninar como resposta à demanda do *senhor*. O que se vê, então, não são "apenas traços culturais africanos reescritos, mas também o gênio com o qual as pessoas ex-escravizadas forjavam novas tradições que simultaneamente contestavam o passado escravista e preservavam alguns dos ricos produtos culturais desse tempo" (DAVIS, 1999, xix).

Há uma entrada, no *Diário Íntimo*, que parece tornar essa análise do presente visível. Entrada feita em novembro de 1904, mês do levante chamado de Revolta da Vacina. Fala-se, particularmente, do estado de sítio decretado por Rodrigues Alves: "toda a violência do governo se demonstra na Ilha de Cobras. Inocentes vagabundos são aí recolhidos, surrados e mandados para o Acre. Um progresso! Até aqui se fazia isso sem ser preciso estado de sítio; o Brasil já estava habituado a essa história. Durante quatrocentos anos não se fez outra coisa pelo Brasil. Creio que se modificará o nome: estado de sítio passará a ser estado de fazenda. De sítio para fazenda, há sempre um aumento, pelo menos no número de escravos" (BARRETO, 1956c, p.49). Não se fez outra coisa: suspender os direitos de um povo. Após o maio de 1888, após a proclamação da República, através da consolidação do capitalismo, ainda é o caso, mesmo que não se trate de escravidão: "o que é verdade na raça branca, não é extensivo ao resto" (p.52), e como dirá Carolina Maria de Jesus (2014, p.55), "[t]er uma pele branca [é] um escudo, um salvo-conduto". Por isso dizer, com Lima Barreto, que o mês de maio volta e ainda estamos muito longe de sermos livres.

E o autor diz algo mais. Ao propor que se trata de estado de fazenda, busca tornar nítido que se lida aí com continuidade, com algo próprio ao Brasil, nação constituída, em grande medida, pela escravidão. Mas enfatiza, também, uma generalização. Se a escravidão atingiu o povo negro, e se seus efeitos são sentidos por aqueles que possuem, corporalmente, marcas dessa descendência, o estado de fazenda é, como alerta Lima Barreto, meio para que se generalize, momentaneamente, tal suspensão de direitos. Por isso, devido a esse estado de coisas, o autor parte do povo negro – dialoga com ele, busca constituir a literatura como uma via existencial e, por ela, mostrar os perigos de um mundo estrangeiro, pois branco – ele parte dessa margem da humanidade, para falar também ao "centro". Para dizer que o ato de desumanizar – esse impor a condição de fronteira da humanidade a seres humanos distantes de certo modelo ou ideal – cobra um preço tanto de seu agente quanto de seus semelhantes não (ou menos) ativos. O "centro" deve aprender com as "margens", pois "a luta do inferiorizado se situa em um nível indubitavelmente mais humano" (FANON, 1965, p.52). Logo, se verá que a questão é do "direito que tem todos a encontrar na Terra felicidade e satisfação" (BARRETO, 2004b, p.112).

O destino (objetivo e limite) da literatura

Lida-se com uma literatura, a um só tempo, universal e militante. Pois a literatura é, para Lima Barreto, um meio para a instauração de aberturas para "tornar a vida cômoda e os povos felizes" (BARRETO, 2004b, p.534). Tal é sua literatura militante: aquela que, ao mesmo tempo, diagnostica um estado de coisas – o que vai ser chamado de um escopo sociológico da literatura – e busca conectar as pessoas, produzir um *nós*, que não é dado *a priori* e que, necessariamente, não é igual à homogeneização, pois depende do dizer o pensamento sincero e de um contágio do sentir, pressupondo, assim, um contato entre heterogêneos. Apenas assim a humanidade pode ser feliz. E tal felicidade só é possível com tal dizer sincero, pois dele se constitui a solidariedade, "grande força da humanidade" (BARRETO, 2017, p.130), a propulsão em direção à felicidade. E, cabe lembrar, a sinceridade não está em oposição à contradição. O ponto central é como existir, expressar-se e criar mesmo no cerne de uma contradição. O dizer sincero é a assunção, não de uma oposição entre o que se fala e o que se faz, ou de uma incongruência discursiva, mas da necessidade de falar/ouvir o quanto e como se é afetado, afetada pelo presente, e nesse falar/ouvir tecer as redes *solidárias* e *populares* – e serão populares mesmo quando ajam no campo *intra-individual* – para a superação desse presente[33].

A sinceridade e a solidariedade são meios de avaliação: como se analisa e se lida com uma situação na qual se habita plenamente uma bifurcação, na qual vive-se intensamente a dor de se estar, plenamente, em duas direções opostas. Sendo uma delas aquela na

[33] Superação, palavra perigosa, mas importante aqui. Pois trata-se de um caminho distinto daquele de uma integração ou de uma adaptação: "[n]o dia em que nos adaptássemos ao meio, não mais teríamos, é óbvio, vontade de transformá-lo, e nos tornaríamos simples burgueses; burgueses sem dinheiro talvez, mas não menos burgueses nos atos e nas intenções" (MALATESTA, 2008, p.100).

qual se sente toda a força dos bloqueios, da asfixia de um estado de coisas que tende ao esvaziamento e a homogeneização. Sinceridade e solidariedade são, sobretudo, valores. Valores aos quais se dá um alto valor. São uma aposta na existência e na humanidade: como, deles, se prossegue, se cria um modo de existir singular e como é possível conectar-se com outras, com outros e com o mundo, tendo como efeito dessa conexão uma guinada em direção à felicidade. E, assim, propõe-se um caminho a ser reatualizado, uma herança a ser utilizada e modificada: "...estamos fazendo os ensaios do que será a humanidade" (SANTOS, 2006). A humanidade é obra aberta. Mas há algo que merece atenção: um poder de atração, de sedução mesmo, em direção ao fechamento. Que se ressalte: não se trata de fechar a obra, mas colocá-la *em vias de* fechamento. Isso que garante a capacidade de renovação do racismo – já não se trata de raça, mas de cultura ou de religião, independentemente do significante, os alvos concretos continuam sendo os mesmos – e, junto a ele, do capitalismo. Que se lembre: a vida nada mais é, sob o capitalismo, que matéria e mercadoria. E ainda: "o capitalismo sempre precisou de *subsídios raciais* para explorar os recursos do planeta" (MBEMBE, 2018, p.309).

Por isso a obra de Lima Barreto é, ao mesmo tempo, guiada e atravessada por um princípio: o anarquismo. Esse paradoxal princípio que rejeita todo princípio de fundamento e de origem (SCHERÉR, 2008). Que se recorde de Policarpo Quaresma, onde Lima Barreto expõe o perigo suicidário das variantes da mania do fundamento – o nacionalismo, o patriotismo e o integralismo. Quando se diz princípio, então, fala-se de algo diferente de um sistema político, trata-se de algo que atravessa a política e a coloca à prova. Nas palavras de Lima Barreto: "os anarquistas falam da humanidade para a humanidade, do gênero humano para o gênero humano" (BARRETO, 2004a, p.113). Lima sabe que se trata de suscitar "em cada um a simpatia pelos sofrimentos alheios, e o vivo desejo pelo bem de todos" (MALATESTA, 2008, p.65).

O que se vê é o critério de avaliação da política: a humanidade. Importante ponto de contato entre o autor e o anarquismo enquanto princípio cuja potência é, exatamente, a ausência de *arkhè*, como uma guinada para humanidade enquanto projeto futuro em aberto, sempre a ser avaliado pelas possibilidades de abertura para os mais diferentes modos de existência ganharem consistência, dialogarem e enriquecerem-se, enquanto heterogêneos. Em suma: apoio mútuo. Nesse sentido que se pode falar da hospitalidade como caractere do anarquismo. Ausência de *arkhé* e hospitalidade, portanto, não se trata de qualquer anarquismo. Que se lembre, como contraponto, de Abelardo Leiva, o anarquista positivista do *Recordações*. Além de "incapaz do menor obséquio; nada lhe fazia retirar um tostão dos seus perfumes e das suas roupas" (BARRETO, 1961a, p.149), logo que se soma ao jornal *O Globo* passa a usufruir de sua hierarquia: assim que assumiu o posto de repórter, diz Isaías, "começou a gritar comigo para que eu lhe trouxesse penas" (p.196).

Realmente não se trata de qualquer anarquismo. Pois se, em princípio, poder-se-ia pensar não haver conexão entre o capitalista Laje da Silva, também do *Recordações*, e o anarquista positivista Leiva, vê-se que a utopia desse último – "eu quero a confusão geral, para que a ordem natural surja triunfante e vitoriosa" (BARRETO, 1961a, p.141) – só pode ser ajustada e concretizada pelo *business-as-usual* do primeiro. Laje "não se manifestava homem de leitura, político ou dado às letras; não lhe senti a mais elementar preocupação intelectual", diz Isaías. Desse modo, apresenta-se como surpreendente o fato de que "um varejista de um vilarejo longínquo cultivasse e mantivesse amizades tão fora do seu círculo; não se explicava bem aquele seu norteio para os jornalistas" (p.71). Percebe-se que o círculo do capitalismo está sempre em expansão, os limites estão permanentemente sendo jogados mais à frente. Para tanto, Laje domina os códigos vigentes da aristocracia intelectual – "conhecia minuciosamente toda a vida jornalística" (p.71) – para bagunçá-los, fazê-los derivar, recodificando-os a partir de seus critérios. Se Loberant, o diretor do jornal, é ora *homem de empresa*, ora *homem de Estado*; Laje é como uma máquina que propulsiona, de modo quase imperceptível, esses movimentos. "Ao fim de uma coluna [de jornal], lá estava um nome conhecido. Senhor Manuel Laje da Silva, capitalista e industrial... Que acontecera? Recebera a benção papal até à décima quinta geração" e, ainda, a "notícia vinha cheio de gabos à sua atividade e à sua honestidade" (p.103). Pois trata-se, aí, de produção de axiomas; da realização de uma "ordem natural" forjada pelo capitalismo. Por isso, ao se dizer ausência de *arkhé* e hospitalidade, diz-se, a um só tempo: contra o Estado, contra o Capital. Em outras palavras: "liberdade completa na completa solidariedade" (MALATESTA, 2001, p.14).

Daí, pressente-se algo. Há alguma coisa errada. Pois o que Lima Barreto faz ver com Leiva, principalmente com sua conexão a Laje, é o processo de esvaziamento, de desvitalização, agora dado sobre as utopias. Que se recorde: a utopia é o ponto mais intenso, mais alto de crítica em relação ao presente. Ela não só coloca sob luz o presente, mas faz ver nele brechas, algo como potências de um futuro diferente. Portanto, não é por acaso que se fala em esvaziamento e em desvitalização: processos pelos quais as utopias aparecem não só como legitimadoras do presente, mas, sobretudo, como motivos para o esgarçamento dos limites para a destruição imposta pelo presente. Agora, pode-se falar mais diretamente: há um erro em falar, mesmo que seja por prudência, que não se trata de qualquer anarquismo. Há um erro, pois algo como um anarquismo sem generalização da solidariedade nada mais é do que uma mentira. E sabe-se que mentira é diferente de contradição: "Somos todos, sem exceção, obrigados a viver, mais ou menos em contradição com nossas ideias; mas somos socialistas e anarquistas precisamente porque, ao sofrermos esta contradição, procuramos, tanto quanto possível, torná-la menor" (MALATESTA, 2008, p.100).

Que se repita, o anarquismo é um princípio. E ele é apresentado no decálogo barretiano, presente no *Diário Íntimo*, no qual se apresentam apenas dois princípios (não ser mais aluno da Escola Politécnica; não beber excesso de coisa alguma) e um terceiro em aberto: "3 - E..." (BARRETO, 1956c, p.33). Não se deve desprezá-lo. Tem-se, aí, a abertura: "não há moral absoluta, eterna e imutável" (MALATESTA, 2008, p.98), trata-se de uma ética "da luta e da solidariedade" (p.99); uma análise e uma avaliação, permanentes, do presente e do modo como as opressões são por ele constituídas e o constituem. Análise e avaliação em busca da superação, afinal, o que se quer é "mudar radicalmente tal estado de coisas" (p.63). Mudança que só pode se dar pela multiplicação dos bons encontros, cujo resultado é a alegria e o fortalecimento mútuo. Não foi outra coisa que Lima Barreto[34] fez. E o fez *pela* escrita. Foi esse o meio que assumiu. Pois, para ele, esse era o destino - o fim, o objetivo e o limite - da literatura.

[34] Pode parecer arbitrário o aparecimento de Errico Malatesta, e a aproximação, feita aqui, à literatura barretiana. Mas há, em Malatesta, a proposição de uma refundação tanto de ideias quanto de sentimentos. Refundação necessária para a concretização de um projeto futuro de humanidade. Não existem ideias que sejam suficientes para tanto, nem sentimentos que por si só o fariam. Afinal o que se quer, como diz Malatesta, é o triunfo da liberdade *e* do amor. E, que se lembre, aquilo que provoca o ódio contra o opressor, suscita o amor entre a humanidade.

MEIOS E ESQUECIMENTO

Certa vez, uma mulher, com um copo de plástico pronto para o uso do crack em sua mão, disse: "eu usaria menos [crack], tipo só no fim de semana [...] se tivesse minha casinha, meu dinheiro, mas não é assim" (ARAUJO, 2017, p.142). Não é assim. Não se tem casa ou dinheiro. E o que ela parece dizer é que o uso de drogas não é desvinculado do estado de coisas. E só levando isso em consideração, ou seja, como as coisas são, que se pode analisar o dito "problema das drogas". Mas o que se faz é, para usar um termo do vocabulário de *Triste fim*, deixar-se reger por *manias*: a da abstinência e a da guerra. E que se lembre: quando se diz manias fala-se em ideais vazios que se revezam, retroalimentando-se: ciclos e ciclos quase sem fim de erros sobre erros. E não se diz erro por acaso. Pois parte-se de um erro: a análise do estado de coisas desde um ideal, e não das condições de tal estado; passa-se por um erro: ações derivadas dessa análise; e chega-se, como fim e início de um novo ciclo, a outro erro: o critério de avaliação das consequências dessas ações é sua adequação aos ideais que as forjam – ignora-se ou finge-se ignorar o quanto tais ações e suas consequências realimentam as condições de miséria do presente.

É, exatamente, para essa realimentação de um estado de miséria que Lima Barreto aponta. No entanto, há uma penumbra que encobre suas palavras: os fatos pessoais, como a veiculação de sua relação problemática com o álcool. Aqui se vê que a mania – o ideal vazio – precisa de seu complemento para agir sobre a vida: a exaltação do factual[35]. Apenas assim pode-se, ao mesmo tempo, deter-se ante ao fato de se usar crack ou se beber parati e, daí, fazer emergir um ideal de abstinência e de guerra às drogas. Impede-se a análise e a interpretação do estado de coisas. É o que mostra Carolina Maria de Jesus (1993) em uma passagem de *Quarto de Despejo*: "Um sapateiro perguntou-me se o meu livro é comunista. Respondi que é realista. Ele disse-me que não é aconselhável escrever a realidade" (p.96). Impede-se, concomitantemente, a análise e a interpretação do presente, assim como de suas relações com os diversos usos de diferentes substâncias. Daí, talvez, a pouca atenção dada aos escritos barretianos acerca do álcool e de outras drogas, inclusive aquelas que não são substâncias. A esses escritos que se dará atenção aqui.

"Há sempre no Estado curiosas contradições", afirma Lima Barreto (2004a, p.139), em uma crônica de 1915. Nela, o autor fala de explosões que vinham acontecendo na cidade do Rio de Janeiro. Segue dizendo que seria importante que se averiguasse quais seriam as causas das explosões – se seriam acidentais ou propositais. Mas nada efetivo nesse sentido ocorre. No entanto, algo se sabe: que, sob certas condições, algumas pólvoras explodem espontaneamente. Apesar disso, o que se noticiava pela imprensa é que o Estado vendia, quando avariada, tal pólvora. E, em um fechamento pleno de ironia, o autor diz: "Creio que o governo não é assim um negociante ganancioso que vende gêneros que possam trazer a destruição de vidas preciosas; e creio que não é, porquanto anda sempre zangado com os farmacêuticos que vendem cocaína aos suicidas"[36]:

[35] Nietzsche (1998, p.139) chama esse "*querer* deter-se ante o factual", "essa renúncia à interpretação", de "vontade de verdade".

[36] Parece que a cocaína se encontrava aí em uma situação fronteiriça, similar à que a maconha é posicionada agora – uma droga entre medicamento e veneno. Em uma pesquisa cuja hipótese é a do vício como automedicação, fala-se do efeito da cocaína: "lethargic individuals who might or might not be depressed welcome the energizing and activating effects of a stimulant drug such as cocaine or 'speed' (an amphetamine)" ("indivíduos letárgicos, que podem ou não estar

"Há sempre no Estado curiosas contradições" (Barreto, 2004a, p.139). Trata-se da constituição de um meio no qual "vivemos sempre ameaçados de ir pelos ares", "como se estivéssemos a bordo de um navio de guerra" (p.139), cujos canhões estão voltados para cima e sua superfície encontra-se plena de substâncias explosivas. O Estado, a um só tempo, mira e atira os canhões, alimenta o navio de pólvora, mas vê como causa da ameaça o pó branco que salpica o pretume do explosivo. Que se repita, mais uma vez: "Há sempre no Estado curiosas contradições".

E não é outra coisa senão apontar para tais curiosas contradições que o autor da Vila Quilombo faz em crônica intitulada *A túnica de Néssus das leis* (Barreto, 2004b, p.399), de 1921. Em suas primeiras palavras já afirma: "Nunca se viu o governo facilitar a vida dos pobres-diabos. Ao contrário" (p.399). Lima segue exemplificando as dificuldades impostas aos empobrecidos – enquanto "o capital, representado pelo senhorio e por [vérios] negociantes" (p.399), aproveita – ressaltando um ponto: "Mais ainda: um prefeito qualquer quer entulhar de lama a baía de Guanabara, uma das maravilhas do mundo. Para isso, precisa por um inofensivo morro abaixo. Realizando tal obra, os amigos do peito que dela forem encarregados, ganharão fortunas" (p.399). Tudo isso tendo consequências: o "pobre-diabo já come mal; agora, não podendo suportar o aumento do aluguel, muda-se para um casebre sem ar, sem luz, acanhado, onde ele vai viver num monte com a mulher e os filhos". Daí: "chegam-lhe as moléstias" (p.399). O hospital separa a família. O homem é menos cuidado do que inspecionado. Morre: "lá vai o pobre Zé Manuel que o foi em vida, para a cova" (p.400). "Está aí a caridade e a compaixão do governo" (p.400): um trabalho de eliminação das condições de vida. No entanto, há algo mais. Pois, "ultimamente, o governo deu para se apiedar dos viciosos. Declarou guerra à morfina, à cocaína, ao ópio, ao *hachichish*, ao álcool, etc."

deprimidos, acolhem os efeitos energizantes de uma droga estimulante como a cocaína ou o 'speed'") (KHANTZIAN, ALBANESE, 2008, p.03).

(p.400). Mas que se atente para uma curiosa contradição: "Paternal governo que não cessa de oferecer e receber banquetes, bem regados a vinhos generosos, [...] tenta impedir que o pobre-diabo do Zé Manuel beba a sua cachaça! Beber *champagne* não é mal, nem embriagar-se com ela é vício; vício é beber parati e tomar carraspanas com ele" (p.400). E que se produzam leis para "tirar os homens e as mulheres do vício" (p.400).

Algumas coisas se destacam. Ao se ler o título da crônica, algo vem a mente. Ou melhor, alguém vem à mente, Isaías. Lima Barreto afirma que o protagonista do *Recordações* "está vestindo a túnica de Néssus[37] da Sociedade" (BARRETO, 1961a, p.43): o ideal da ascensão mostra-se um envenenamento. O mesmo se diz sobre as leis: o regime jurídico da "guerra às drogas" nada mais é do que um veneno. Entretanto, se vê que se trata de algo como uma mortificação, pois voltada a uma parte do corpo social: os pobres-diabos. Deve-se ter atenção, pois o que Lima Barreto não para de afirmar é que os alvos são nítidos e os maiores danos são sobre eles distribuídos, e também, talvez principalmente, que a responsabilidade sobre o estado de coisas miserável é explícita, não só a responsabilidade, mas o fato de que alguns dele se beneficiam. Assim, o que se aponta é que a miséria existencial também tem um foco de prevalência.

E que se tenha atenção: Lima Barreto sabe dos perigos de certas substâncias. Em seu decálogo, em aberto, apresentado em seu diário, o segundo princípio é "não beber excesso de cousa alguma" (BARRETO, 1956c, p.33). Em um romance como *Clara dos Anjos*, o perigo da bebida é explícito nas figuras de Meneses e de Leonardo Flores. E, sobretudo, a bebida enquanto buraco negro aparece como probabilidade dada à Isaías, e a todo um povo. Que se

[37] Néssus, ou Nesso, é, no mito de Hércules, ou Héracles, o centauro que tenta sequestrar Dejanira, esposa do herói. Hércules mata-o. Enquanto sangra, o centauro aconselha Dejanira a guardar um pouco de seu sangue, pois, a partir dele, ela pode fazer uma poção que fará o amor de seu marido por ela perdurar. Ela o faz. Embebe uma túnica e a dá a Hércules. Ao contato do calor corporal, a túnica libera um veneno, que penetra o corpo do herói, ao tentar tirá-la, pedaços de sua pele são arrancados junto com as tiras do tecido.

lembre, também, que Carolina Maria de Jesus (1993, p.24) faz ver o feitiço que pode ser o álcool. E Maria Firmina dos Reis (2017), em seu *Úrsula*, mostra que de um elemento produzido, circunscrito e controlado comunitariamente, com a desterritorialização brutal do sequestro da África para as Américas, o álcool passa a ser um vício.

Há, aí, algo importante. Que se escute pai Antero, em *Úrsula*. Há algo de surpreendente nesta figura. Ele é apresentado como um escravizado cujo maior defeito é o gosto pelas bebidas alcoólicas. A surpresa não está bem aí. A figura do escravo preguiçoso e bêbado não é desconhecida. Há uma dupla interpretação de tal figura. Em primeiro lugar, o estereótipo racista sugerindo uma conexão entre raça e caráter moral, a embriaguez funcionando como prova de um caráter falho e, portanto, da inferioridade da "raça negra". Em segundo lugar, a leitura que leva em conta o estado de coisas e faz ver a beberagem como modo de resistir, pelos meios limitados à disposição, à desumanização própria à escravidão. A surpresa surge quando pai Antero fala sobre sua terra. Quem lê não sabe de que lugar específico ele fala; sabe, apenas, que se trata de uma comunidade no continente africano. Diz pai Antero: "na minha terra há um dia em cada semana, que se dedica à festa do fetiche, e nesse dia, como não se trabalha, a gente diverte-se, brinca e bebe. Oh! Lá então é vinho de palmeira mil vezes melhor que cachaça, e ainda que tiquira" (REIS, 2017, p.167). Aqui, algo fica explícito: o álcool, por si só, não pode funcionar como um elemento isolado. Ou seja, a cachaça e o vinho da palmeira não são equivalentes. O vinho de palmeira é produzido e controlado por uma comunidade. É, pode-se dizer, um elemento circunscrito à vida da comunidade. Já a cachaça é algo diferente. É um elemento perigoso em uma terra hostil. Não é circunscrito a uma vida, mas imposto a uma vida já estilhaçada, estilhaçando-a ainda mais. Portanto, o álcool, como droga, não é o mesmo nestes dois casos. Bebe-se vinho de palmeira no dia da semana que não se trabalha, que se faz festa ao fetiche. O vinho de palmeira é *parte* de uma festa. Suspensão, ou melhor, esquecimento necessário de uma ordem, ao mesmo tempo fora e dentro de tal ordem, desfazendo-a momentaneamente, garantindo sua continuidade. É diferente com a cachaça. Sobre ela, o velho apenas diz: "Maldito vício é este!" (p.166).

O que pai Antero parece trazer à luz é a possibilidade de uma terceira interpretação. Poucas palavras são necessárias em relação à primeira leitura da figura do escravizado bêbado: nada mais que uma alucinação essencializante racista. A segunda interpretação, ao mesmo tempo resposta à e análise de um estado de coisas, *dessencializa* a figura do escravo bêbado. Agora, na terceira, também a substância é *dessencializada*. É possível ver o álcool funcionando de maneiras diferentes em diferentes contextos e territórios: como um elemento vital – ou agente vital – entre outros, em um *agenciamento* que constitui uma vida comunitária; ou como um agente, entre outros, em um sistema, sem precedentes, de desvitalização e desumanização. Pai Antero não é, completamente, uma figura apreendida do imaginário racista, mas também não é, plenamente, uma figura de resistência. É possível ver, pela personagem, como que por uma fissura, modos de funcionamento das substâncias. Ou seja, vê-las enquanto meios de vitalização ou de desvitalização, enquanto parte constituinte dos modos de existir da humanidade ou instrumentos de desumanização.

Que se tenha pai Antero em mente, que ele esteja, de agora em diante, sempre ao lado do texto e que, desse modo, se retorne a Lima Barreto, a um trecho de uma crônica sua: o "isolamento faz-me mal à alma e ao pensamento. Mergulho no barulho dos outros, deixo de pensar em mim e nas fantasmagorias que eu mesmo criei para o meu padecer. A embriaguez que a multidão traz é a melhor e a mais inofensiva de todas que se tem até agora inventado. Nem o ópio, nem o álcool, nem o *hachisch* produzem a embriaguez que com a dela se assemelhe. Temos visões extranormais, sem estragar a saúde..." (BARRETO, 2004b, p.137). Há mais. Outro trecho, outra crônica: o "subúrbio não se diverte mais. A vida é cara e as apreensões muitas, não permitindo prazeres simples e suaves, doces diversões familiares, equilibradas e plácidas. Precisa-se de ruído, de zabumba, de cansaço para esquecer, para espantar as trevas que, em torno de nossa vida, mais densas se fazem, dia para dia, acompanhando *pari passu* as suntuosidades republicanas. Ele não mais se diverte inocentemente; o subúrbio se atordoa e se embriaga não só com o álcool, com a lascívia das danças novas que o esnobismo foi buscar no arsenal da hipocrisia norte-americana. Para as dificuldades materiais de sua precária existência, criou esse seu paraíso artificial, em cujas delícias transitórias mergulha, enebria-se minutos, para esperar, durante horas, dias e meses, um aumentozinho de vencimentos..." (BARRETO, 2004b, p.504).

Aí... está tudo aí. E que se dê atenção, primeiro, a necessidade de esquecimento: seja nas festas africanas de pai Antero, seja no carnaval carioca, tão ambivalente, de Lima Barreto, esquece-se para poder viver. Trata-se de uma questão de saúde: "um pouco de sossego, um pouco de tábula rasa da consciência, para que novamente haja lugar para o novo" (NIETZSCHE, 1998, p.47). Por isso falar de meios e esquecimento, e não apenas de substâncias. Lima Barreto deixa nítido que há uma avaliação de meios pelos quais se pode ativamente esquecer: que se faça uso da embriaguez da multidão carnavalesca, pois com ela não se estraga a saúde. E se pode dizer mais: que se reguem as festas a vinho de palmeira. Mas o que se segue é que somada ao esquecimento há a memória – uma marca do animal humano. E nesse ponto, entre uma necessidade e uma marca, algo ocorre: a miséria instaurada no presente, a multiplicação de situações que, dadas as probabilidades, não se pode ganhar, independente do que se faça – ou, segundo os termos de Black Alien (2019), "a estrada pro inferno se desce de ponto-morto". A memória passa a ser, assim, um embrenhado de impressões recebidas, e repisadas, desse estado de coisas asfixiante. A memória configura-se como um "não-mais-poder-livrar-se" (NIETZSCHE, 1998, p.48) destas impressões. Perante isso, precisa-se de cada vez mais para poder esquecer. Mas que se dê outro nome, pois não se trata mais do esquecimento como força ativa e vital, não parece haver mais um impulso à criação: há anestesia – que se pare de sentir momentaneamente as dores do presente, para aguentar as horas, os dias, os meses de miséria.

O que surpreende é que, mesmo assim, há vida e há criação, e junto aos povos sobre os quais o peso das probabilidades é o maior. E para seguir, ainda, outro autor, um amigo/inimigo de Lima Barreto, pode-se dizer que há uma *força plástica* (NIETZSCHE, 2003) própria a esses povos. Força para herdar, ativamente, o passado. Fazê-lo meio para um outro futuro. Herança e criação. Continuidade e ruptura. A memória não é apenas um simples "não-mais-poder-livrar-se de", mas "um ativo não-mais-*querer*-livrar-se, um prosseguir-querendo o já querido, uma verdadeira *memória da vontade*" (NIETZSCHE, 1998, p.48). Mesmo em um estado de coisas que impõe a quase impossibilidade de viver, se vive e se cria. Mas os perigos são muitos, pois se está à beira do abismo. E a linha que separa uma substância enquanto apoio existencial ou empurrão para o abismo é tênue. E aí se cria uma armadilha eficiente, uma coprodução Estado-Capital: a criação da miséria e, consequentemente, do desespero para dela se afastar – a equação para formação de mão de obra barata e substituível; a venda livre e legal de algumas substâncias cujo funcionamento é, tanto *inter* quanto *intra-individual*, o de anestesia, e a criminalização daquelas produzidas para, vendidas por ou tomadas pelas massas a beira da miséria – equação para a continuidade da produtividade e do gerencialmente populacional com as prisões e as mortes. Fala-se em eficiência relacionada a tal armadilha pois há, ao mesmo tempo, um limite e um transbordamento. O limite é colocado pelo próprio alvo da armadilha, uma nova dentre muitas armadilhas já enfrentadas: das correntes físicas às químicas, os caminhos são encontrados. Que não se leia, aí, um elogio ao sofrimento, sim à força de usar o sofrimento imposto por tal armadilha, por tal estado de coisas, enquanto material de constituição de uma herança cuja novidade é, exatamente, a possibilidade de vida enquanto superação do presente. O transbordamento, por sua vez, se dá, pois, a eficiência da armadilha atinge, também e concomitantemente, aqueles que a armam, que se beneficiam de seu funcionamento ou que, meramente, se veem livres de seus efeitos. Se a miséria material é distribuída voluntária ou involuntariamente, a existencial é efeito colateral, não da voluntariedade, mas de tal distribuição.

Ao falar em miséria existencial, que não se fale apenas em substâncias de preferência – por exemplo, o *champagne* e o vinho citados por Lima Barreto. As drogas mais eficazes extrapolam a condição de substâncias. Que se lembre da mania de Policarpo Quaresma: o nacionalismo. Um buraco negro que suga toda a sua vitalidade. Uma idealização que, a um só tempo, distancia-o da concretude e impede-o de interpretá-la. Correlata à mania de Policarpo há a do general Albernaz: uma mania histórica, ele repete incessantemente a narração sobre a guerra da qual não participou, mas cujo centro passa a ser ele. Que se corrija, então, e se nomeie melhor tal mania: uma mania da *própria* história. Talvez o *eu* seja a droga mais pesada: soterra alteridades – do passado, do presente e do futuro – em prol de *um* presente, o eu. A droga mais pesada, pois o preenchimento com um ideal de *si* esvazia seu usuário ao mesmo tempo que o isola. Que sejam repetidas as palavras de Olga a seu marido: "É isso! *Eu*, porque *eu*, porque *eu*, é só eu para aqui, *eu* para ali... Não pensas noutra coisa... A vida é feita para ti, todos só devem viver para ti..." (Barreto, 1997b, p.172).

Deve-se ressaltar algo aqui, pois se está no ponto no qual é possível compreender que não se disse por acaso que Lima Barreto tem em Nietzsche um amigo/inimigo. Há uma agonística própria a relação do autor da Vila Quilombo com o autor de *Genealogia da moral*. Que se recorde da definição de amizade dada por Zaratustra: trata-se de uma conjuração contra a interioridade enquanto buraco negro, ela é uma via em direção ao mundo e, para tanto, a amizade é também guerra. Tendo isso em mente, que se lembre do uso, tanto explícito quanto implícito, que Lima Barreto faz de Nietzsche (e de Machado de Assis, cabe dizer). Verdadeira relação de amor e guerra. Ponto referencial ao qual Lima Barreto se aproxima e se distancia, em um trabalho que, a partir dele e passando pelo mundo, se dá sobre *si mesmo*. A amizade é a alteridade no *próprio* coração. O isolamento dado pela mania do *eu* é mortuário, pois extirpa tal alteridade. Nesse sentido, Lima Barreto afirma que Nietzsche providenciou os meios para que os atingidos por tal mania pudessem se proclamar *super-homens*. Por isso Lima Barreto afirma: "Não gosto de Nietzsche; tenho por ele ojeriza pessoal"; "Ele deu à burguesia rapace que nos governa uma filosofia que é a expressão de sua ação"; "Nietzsche é bem o filósofo do nosso tempo de burguesia rapinante, sem escrúpulos: do nosso tempo de brutalidade, de dureza de coração, do 'make money' seja como for, dos banqueiros e industriais que não trepidam em reduzir à miséria milhares de pessoas, a engendrar guerras, para ganhar alguns milhões mais" (BARRETO, 2017, p.220). Lima Barreto, o intempestivo, contra o seu tempo, a favor do porvir. Assim se compreende sua atitude em relação a Nietzsche (e a Machado de Assis): que se golpeie o presente a partir de Nietzsche, mas que não se tenha compaixão quando nele se escoram e se fortalecem as forças de tal estado de coisas.

Há algo na utilização de Nietzsche pela "burguesia rapinante" que diz mais sobre esta última: seu modo de operação é a desvitalização. Para poder se utilizar de algo, expropriar algo, é necessário que esse algo não tenha mais vida, seja esvaziado. Quando Lima Barreto fala dos subúrbios é pertinente se ter em mente a palheta que os constitui: vai da pobreza até a classe média, passando pelos desejos de revolução, de ascensão e manutenção social. Ao falar do "esnobismo" do subúrbio já se sabe a quem o autor se refere. Mas cabe atenção, tal esnobismo vai buscar meios para se embriagar "no arsenal da hipocrisia norte-americana". Que elementos constituem tal arsenal? Aqueles "que os hipócritas estadunidenses foram buscar entre os negros e os apaches" (BARRETO, 2004b, p.500). Ao entrar nesse arsenal, tais elementos "perdem o que significavam" (p.501). O procedimento é longo: trata-se de extrair e desvitalizar, a partir do *eu*. Mas trata-se, também, de se constituir a partir da oposição ao outro. A burguesia dos subúrbios (branca ou quase branca) para se opor à classe pobre do subúrbio (negra ou quase negra), distancia-se das expressões desta última imitando "a alta burguesia" (p.503), que por sua vez recorre à hipocrisia estadunidense, que extermina e segrega negros e indígenas, mas se apropria de suas expressões existenciais, esvaziando-as. Mas que se lembre de *Triste fim*: a etapa de extirpação pode se dar, também, na burguesia brasileira e na do subúrbio, e estas nada perdem em hipocrisia da estadunidense. Em tudo isso, lida-se com uma tentativa de preencher o vazio existencial por meio de um colonialismo de exploração imaterial. Entretanto, nesse próprio processo, o que é extraído esvazia-se. E tudo se passa como em um vício: precisa-se de mais. O vício mais danoso, pois suas consequências extrapolam, e muito, o corpo social viciado.

Tal é o estado de coisas que Lima Barreto encarou. E para tanto, bebeu. Mas também escreveu, escreveu e escreveu. Não parou de criar e de escrever. Em algum lugar, ele diz que não consegue escrever sobre outra coisa senão a classe média. Talvez a ambivalência própria a ela o atrai, pois reflete um pouco a condição imposta à população negra: olhando para si com os olhos daqueles que a desprezam. Mas enquanto a classe média *escolhe* a fronteira da perseguição de seu ideal – distanciar-se da classe pobre e negra, aproximar-se da classe alta e branca – Lima Barreto oferece como herança um meio, um remédio. Não há dúvidas que para isso se automedicou, e por vezes, anestesiou-se com a bebida. Mas isso não é o essencial. O essencial é sua herança: a *decisão*. Decidir assumir a posição imposta não de fronteira, mas de margem. Dela, da margem, a visão é mais ampla. Não se trata de olhar para um lado e para o outro, sim de ter o horizonte a sua frente. Tal decisão tem seus custos, mas logo se percebe: estamos em vantagem. Vantagem analítica e existencial.

Daí Lima Barreto não parar de atacar o presente, o estado de coisas, mas também não parar de traçar linhas de conexão, de alianças, por meio da literatura. Deste ponto, deste ponto marginal, da literatura afro-brasileira, desta expressão existencial de um *povo*, daqui, se fala a toda humanidade. Trata-se de um chamado. Um chamado que, ao ser respondido, impele à humanidade na direção oposta do seu vício mais perene e destrutivo: a constante restrição de seu horizonte.

Diz-se: Lima Barreto. Mas que se escreva corretamente: , *Lima Barreto*... Pois, que se lembre, por fim, a margem é extensa, muitas são as vozes, em solo, em coro, chamando e respondendo: ...

Referências

ANDRADE, Mário de. *Música, doce música*. Rio de Janeiro: Nova Fronteira, 2013.

ANDRADE, Mário de. *Pequena história da música*. Rio de Janeiro: Nova Fronteira, 2015.

ARAUJO, Erick. *A vida em cenas de uso de crack*. Rio de Janeiro: Papéis Selvagens, 2017.

AZEVEDO, Amailton Magno. Samba: um ritmo negro de resistência. *Revista do Instituto de Estudos Brasileiros*, n.70, p.44-58, 2018. Disponível em: https://www.periodicos.usp.br/rieb/article/view/149632/146687. Acesso em 22 ago 2019.

BAKUNIN, Mikhail. *O princípio do Estado e outros ensaios* (org. e trad. Plínio Augusto Coêlho). São Paulo: Hedra. 2008.

BALBI, Adrien. *Essai statistique sur le royaume de Portugal et d'Algarve, comparé aux autres États de l'Europe*, et suivi d'iun coup d'oeil sur l'état actuel des sciences, des lettres et des beaux-arts parmi les portugais des deux hémisphères. Tome second. Paris: Rey et Gravier, 1822.

BARAKA, Amiri. *Digging*: the afro-american soul of american classical music. Berkeley; Los Angeles: University of California Press, 2009.

BARBOSA, Francisco de Assis. A vida de Lima Barreto: 1881-1922. Belo Horizonte: Autêntica, 2017.

BARBOSA, Francisco de Assis. Prefácio. In: Barreto, Lima. *Recordações do escrivão Isaías Caminha*. São Paulo: Brasiliense, 1961. pp. 9-27.

BARRETO, Lima. *Clara dos Anjos e outras histórias*. Rio de Janeiro: Ediouro; São Paulo: Publifolha, 1997a.

BARRETO, Lima. *Contos Completos de Lima Barreto*. São Paulo: Companhia das Letras, 2010a.

BARRETO, Lima. *Correspondência*. Tomo I. São Paulo: Brasiliense, 1956a.

BARRETO, Lima. *Correspondência*. Tomo II. São Paulo: Brasiliense, 1956b.

BARRETO, Lima. *Diário do Hospício e Cemitério dos Vivos*. São Paulo: Cosac Naify, 2010b.

BARRETO, Lima. *Diário Íntimo*. São Paulo: Brasiliense, 1956c.

BARRETO, Lima. *Impressões de leitura e outros textos críticos*. São Paulo: Peguin, Companhia das Letras, 2017.

BARRETO, Lima. *Recordações do escrivão Isaías Caminha*. São Paulo: Brasiliense, 1961a.

BARRETO, Lima. *Sátiras e outras subversões*: textos inéditos/Lima Barreto. São Paulo: Penguin Classics Companhia das Letras, 2016.

BARRETO, Lima. *Toda Crônica*. Volume I 1890 – 1919. Rio de Janeiro: Agir, 2004a.

BARRETO, Lima. *Toda Crônica*. Volume II 1919-1922. Rio de Janeiro: Agir, 2004b.

BARRETO, Lima. *Triste fim de Policarpo Quaresma*. São Paulo: Klick; O Globo, 1997b.

BARRETO, Lima. *Vida e morte de M.J. Gonzaga de Sá*. São Paulo: Brasiliense, 1961b.

BARTHES, Roland. *Mitologias*. São Paulo: Rio de Janeiro: DIFEL, 1980.

BATESON, Gregory. *Steps to an ecology of mind*. London: Jason Aronson, 1987.

BENOIT, Hector. Sócrates. In: Cornelli, Gabriele; Lopes, Rodolfo (orgs.). *Platão*. Coimbra: Imprensa da Universidade de Coimbra. p.135-149.

BESSA FREIRE, José Ribamar. A flauta do prefeito índio. *Correio do Brasil*. Direto da redação. Rio de Janeiro, 16 jan. 2017. Disponível em: https://bit.ly/3b2ePKU. Acesso em 04 mai. 2020.

BEZERRA, Jane Mary Cunha. *Lima Barreto*: anarquismo, antipatriotismo e forma literária. Dissertação, Universidade Federal do Ceará, 2010.

Black Alien. *Abaixo de zero*: Hello Hell. Rio de Janeiro: Extrapunk Extrafunk, 2019.

BOSI, Alfredo. *História concisa da literatura brasileira*. São Paulo: Cultrix, 1974.

BUARQUE DE HOLANDA, Sérgio. Prefácio. In: Barreto, Lima. *Clara dos Anjos*. Rio de Janeiro: Ediouro; São Paulo: Publifolha, 1997. pp. 08-19.

CANDIDO, Antonio. A personagem do romance. In: Candido, Antonio. *A personagem de Ficção*. São Paulo: Perspectiva, 2000. pp.51-80.

CANDIDO, Antonio. Os olhos, a barca e o espelho. In: CANDIDO, Antonio. *A educação pela noite e outros escritos*. São Paulo: Ática, 1989. pp.39-50.

CANGUILHEM, Georges. *Estudos de história e de filosofia das ciências*: concernentes aos vivos e à vida. Rio de Janeiro: Forense, 2012.

CÉSAIRE, Aime. *Discurso sobre o colonialismo*. (Prefácio de Mário de Andrade). Lisboa: Sá Costa, 1978.

COLARES, Paula. *Viver em comunidade, experimentar com a escola*: os Ashaninka do rio Amônia. Tese. Programa de Pós-Graduação em Antropologia Social, Museu Nacional, UFRJ, 2019.

COLLI, Giorgio. *Dopo Nietzsche*. Milano: Adelphi, 1974.

CORRÊA, Felipe Botelho. Introdução. In: Barreto, Lima. *Sátiras e outras subversões*: textos inéditos/Lima Barreto. São Paulo: Penguin Classics Companhia das Letras, 2016, pp.11-75.

DAVIS, Angela. *Blues Legacies and Black Feminism*. Gertrude 'Ma' Rainey, Bessie Smith, and Billie Holiday. New York: Vintage Books, 1999.

Dead Prez. *Let's get free*. New York: Loud Records, 2000.

DELEUZE, Gilles. *Crítica e Clínica*. Trad. Peter Pál Pelbart. São Paulo: 34, 2011.

DELEUZE, Gilles. *Nietzsche et la philosophie*. Paris: PUF, 2010.

DELEUZE, Gilles. *Sobre o teatro*. Tradução de Fátima Saadi, Ovídio de Abreu, Roberto Machado. Rio de Janeiro: Jorge Zahar, 2010.

DELEUZE, Gilles; GUATTARI, Félix. *Mil Platôs*: capitalismo e esquizofrenia. Vol. 2. São Paulo: 34, 2008.

DELEUZE, Gilles. GUATTARI, Félix. *O que é a filosofia?* São Paulo: 34, 1997.

DE QUINCEY, Thomas. *Os últimos dias de Immanuel Kant*. Belo Horizonte: Autêntica, 2011.

ECKERMANN, Johann Peter. Conversações com Goethe. Lisboa: Vega, 1990.

EVARISTO, Conceição. Ayoluwa, a alegria de nosso povo. In: EVARISTO, Conceição. *Olhos d'água*. Rio de Janeiro: Pallas; Fundação Biblioteca Nacional, 2016. p.111-114.

EVARISTO, Conceição. Entrevista. In: Santos, Ivair. *Conceição Evaristo*, o reconhecimento da escritora. 2017. Disponível em: http://www.portalafro.com.br/conceicao-evaristo-o-reconhecimento-da-escritora. Acesso em: 13 fev. 2021.

EVARISTO, Conceição. I Conferência de Escritoras Brasileiras em Nova York, 2009. Disponível em: https://www.youtube.com/watch?v=rR2YXc3sBrI. Acesso em 1 de abr 2019.

EVARISTO, Conceição. Literatura negra: uma poética de nossa afro-brasilidade. *Scripta*, v.13, n.25, 2009, pp.17-31. Disponível em: https://dialnet.unirioja.es/descarga/articulo/6160270.pdf. Acesso em: 10 abr. 2018.

EVARISTO, Conceição. *Ponciá Vicêncio*. Belo Horizonte: Mazza, 2003.

FANON, Frantz. Racismo y cultura. In: Fanon, Frantz. *Por la revolución africana*. Cidade do México: Fondo de Cultura Económica, 1965. p.38-52.

FIGUEIREDO, Carmem Lúcia Negreiros de. Uma corda sobre o abismo: diálogo entre Lima Barreto e Nietzsche. *Alea*, v. 6, n. 1, p.159-173, 2004.

FOUCAULT, Michel. Em defesa da sociedade. São Paulo: Martins Fontes, 2010.

GUATTARI, Félix. *As três ecologias*. Tradução de Maria Cristina F. Bittencourt. Campinas: Papirus, 2012.

GUATTARI, Félix. *Psicanálise e transversalidade*: ensaios de análise institucional. Aparecida: Ideias e Letras, 2004.

GOW, Peter. *Of mixed blood*: kinship and history in Peruvian Amazonia. Oxford: Clarendon Press, 1991.

HADOT, Pierre. *Elogio de Sócrates*. Cuauhtémoc: Me Cayó el Veinte, 2006.

HEINE, Heinrich. *On the History of Religion and Philosophy in Germany and Other Writings*. Cambridge: Cambridge University Press; 2007.

HIRSZMAN, Leon (Dir.). Partido Alto. Embrafilme, 1982. Disponível em: https://web.archive.org/web/20090524012625/http://portacurtas.com.br/Filme.asp?Cod=4751. Acesso em 22 ago 2019.

hooks, bell. *Killing rage*: ending racism. New York: Holt Paperbacks, 1996.

JESUS, Carolina Maria. *Diário de Bitita*. São Paulo: SESI-SP, 2014.

JESUS, Carolina Maria de. *Quarto de despejo*: diário de uma favelada. São Paulo: Ática, 1993.

JESUS, Carolina Maria de. *Pedaços da Fome*. São Paulo: Aquila, 1963.

JONES, LeRoi. *Black Music*: essays by LeRoi Jones (Amiri Baraka). New York: Akashic, 2010.

JONES, LeRoi. *Home*: social essays by LeRoi Jones (Amiri Baraka). New York: Akashic, 2009.

JONES, LeRoi. *O Jazz e sua influência na cultura americana*. Rio de Janeiro: Record, 1967.

KHANTZIAN, Edward; ALBANESE, Mark. *Understanding Addiction as Self Medication*. Finding Hope Behind the Pain. Lanham: Rowman & Littlefield, 2008.

KOFMAN, Sarah. Rua Ordener, Rua Labat. Rio de Janeiro: Caetés, 2000.

KRENAK, Ailton. *Ideias para adiar o fim do mundo*. São Paulo: Companhia das Letras, 2019.

LE GUIN, Ursula. A Left-Handed Commencement Address (Mills College, 1983). Disponível em: https://www.ursulakleguin.com/lefthand-mills-college

LEVI, Primo. *É isto um homem?* Trad. Luigi Del Re. Rio de Janeiro: Rocco, 1988.

LEVI, Primo. *I sommersi e i salvati*. Torino: Einaudi, 2007.

LIMA, Vladimir Moreira. *A partir de Guattari 1*: uma política da existência. Rio de Janeiro: Ponteio, 2019.

LOPES, Lorena. Os Lotófagos da Odisseia ou sobre o esquecimento do retorno. *Caderno Pesquisa do Cdhis*, v.30, n.2, p.169-185, 2017. Disponível em: http://www.seer.ufu.br/index.php/cdhis/article/view/41684. Acesso em: 30 abr. 2018.

LOPES, Nei. A presença africana na música popular brasileira. *Artcultura*, v. 6, n. 9, 2006. Disponível em: http://www.seer.ufu.br/index.php/artcultura/article/view/1370. Acesso em 21 ago 2019.

LOPES, Nei. *Enciclopédia brasileira da diáspora africana*. São Paulo: Selo Negro, 2011.

LOWKEY. Long live Palestine. In. Lowkey. *Soundtrack to the Struggle*. Mesopotamia Music.

MACHADO FILHO, Aires da Mata. *O negro e o garimpo em Minas Gerais*. Rio de Janeiro: Civilização Brasileira, 1964.

MALATESTA, Errico. A anarquia. Trad. Plínio Augusto Coêlho. São Paulo: Imaginário, 2001.

MALATESTA, Errico. *Escritos revolucionários*. Tradução Plínio Augusto Coelho. São Paulo: Hedra, 2008.

MAMIGONIAN, Beatriz. *Africanos livres*: a abolição do tráfico de escravos no Brasil. São Paulo: Companhia das Letras, 2017.

MBEMBE, Achille. Crítica da razão negra. São Paulo: n-1, 2018.

NASCIMENTO, Abdias. *O genocídio do negro brasileiro*: processo de um racismo mascarado. São Paulo: Perspectiva, 2017.

NASCIMENTO, Beatriz. O conceito de quilombo e a resistência cultural negra. In: Ratts, Alex. *Eu sou atlântica*: sobre a trajetória de vida de Beatriz Nascimento. São Paulo: Instituto Kwanza; Imprensa Oficial, p. 117-125, 2006.

NIETZSCHE, Friedrich. *Assim falou Zaratustra*. São Paulo: Círculo do Livro. s/d.

NIETZSCHE, Friedrich. *Genealogia da moral*: uma polêmica. Trad. Paulo César de Souza, São Paulo: Companhia das Letras, 1998.

NIETZSCHE, Friedrich. O nascimento da tragédia ou helenismo e pessimismo. Trad. Paulo César de Souza. São Paulo: Companhia das Letras, 2007.

NIETZSCHE, Friedrich. *Segunda consideração intempestiva*: da utilidade e desvantagem da história para a vida. Rio de Janeiro: Relume Dumará, 2003.

OLIVEIRA, Irenísia Torres. Indivíduo e sociedade no romance *Triste fim de Policarpo Quaresma*. *O eixo e a roda*, Belo Horizonte, v. 24, n. 2, p. 49-69, 2015.

PACHECO, Keli. Policarpo Quaresma: do fim triste ao prêmio. *Uniletras*, Ponta Grossa, v. 29, 2007, p.141-157. Disponível em: <http://www.revistas2.uepg.br/index.php/uniletras/article/view/178/177>. Acesso em: 27 abr 2019.

PENTEADO MARTHA, Alice Áurea. Lima Barreto e a crítica (1900 a 1922): a conspiração de silêncio. *Acta Scientiarum*, v. 22, n. 1, pp. 59-68, 2000. Disponível em: http://periodicos.uem.br/

ojs/index.php/ActaSciHumanSocSci/article/view/4175/2838. Acesso em: 10 abr. 2020.

PLATÃO. *Fédon* (ou da alma). Diálogos. Pensadores. Nova Cultura, 1996.

PLATÃO. *Fedro*. Tradução de José Cavalcante de Souza. São Paulo: 34, 2016.

REALE, Giovanni. *Eros dèmone mediatore*: il gioco delle maschere nel Simposio di Platone. Milano: RCS, 2000.

REIS, Maria Firmina dos. (1859). *Úrsula*. Belo Horizonte: PUC Minas, 2017.

RODRIGUES, Isadora Almeida. Literatura, história e senso comum: Lima Barreto e suas representações do músico popular. Dissertação. Programa de Pós-graduação em Estudos Literários. Universidade Federal de Minas Gerais. 2013.

SANTIAGO, Silviano. Uma ferroada no peito do pé. (Dupla leitura de Triste Fim de Policarpo Quaresma). In: SANTIAGO, Silviano. *Vale quanto pesa*: ensaios sobre questões político-culturais. Rio de Janeiro: Paz e Terra, 1982. p.163-181.

SANTOS, Milton. Entrevista. In: Tendler, Silvio. *Encontro com Milton Santos ou O mundo global visto do lado de cá*. 2006. Disponível em: https://www.youtube.com/watch?v=ifZ7PNTazgY. Acesso em 13 abr. 2018.

SCHERÉR, René. *Pour un nouvel anarchisme*. Paris: Cartouche, 2008.

SCHWARCZ, Lilia Moritz. *Lima Barreto*: Triste Visionário. São Paulo: Companhia das Letras, 2017.

TINHORÃO, José Ramos. *Música popular de índios, negros e mestiços*. Petrópolis: Vozes, 1972.

WOOLF, Virginia. *A marca na parede e outros contos*. São Paulo: Cosac Naify, 2015.

VASCONCELOS, Kauã. *021*. Rio de Janeiro: Casa27, 2017.

VERGER, Pierre Fatumbi. *Ewé*: o uso das plantas na sociedade iorubá. São Paulo: Companhia das Letras, 1995.

Von MARTIUS, Karl Friedrich. Como se deve escrever a História do Brasil. *Revista de História de América*, 1956, pp.433-458. Disponível em: <https://www.jstor.org/stable/20137096?origin=JSTOR-pdf&seq=1#page_scan_tab_contents>. Acesso em: 1 abr 2019.

pólen soft 80 gr/m2
tipologia merriweather
impresso no outono de 2021